ANTOLOGIA POÉTICA

PABLO NERUDA

ANTOLOGIA POÉTICA

Tradução de
ELIANE ZAGURY

27ª edição

José Olympio

Rio de Janeiro
2023

Título original em espanhol
Antologia poetica

Direitos exclusivos de publicação em língua portuguesa somente para o Brasil adquiridos pela:
EDITORA JOSÉ OLYMPIO LTDA.
Rua Argentina, 171 – 3º andar – São Cristóvão
20921-380 – Rio de Janeiro, RJ
Tel.: (21) 2585–2000.

Seja um leitor preferencial Record.
Cadastre-se em www.record.com.br e receba informações sobre nossos lançamentos e promoções.

sac@record.com.br

ISBN 978-65-5847-010-6

Impresso no Brasil

Este livro foi revisado segundo o Novo Acordo da Língua Portuguesa.

2023

CIP-BRASIL. CATALOGAÇÃO NA PUBLICAÇÃO
SINDICATO NACIONAL DOS EDITORES DE LIVROS, RJ

N367a
27. ed.
Neruda, Pablo, 1904-1973
Antologia poética / Pablo Neruda ; tradução Eliane Zagury. – 27. ed. – Rio de Janeiro : José Olympio, 2023.

Tradução de: Antologia poetica
ISBN 978-65-5847-010-6

1. Poesia chilena. I. Zagury, Eliane. II. Título.

21-69484

CDD: 868.9931
CDU: 82-1(83)

Meri Gleice Rodrigues de Souza – Bibliotecária – CRB-7/6439

SUMÁRIO

CANTOS CERIMONIALES (1961)

MEMORIAL DE ISLA NEGRA (1964)

LA BARCAROLA (1967)

LAS MANOS DEL DÍA (1968)

ALGUMA COISA SOBRE PABLO NERUDA E A SUA POESIA

Jorge Edwards

Dias atrás, uma violenta ressaca assolou a costa do Chile. Muitos temeram que o mar tivesse levado a casa de Neruda, com o poeta dentro. Duas semanas depois, alguns versos demonstraram que o poeta tinha conseguido permanecer em terra, como apaixonada testemunha do acontecimento:

En la Punta del Trueno anduve
recogiendo sal en el rostro
y del océano, en la boca,
el corazón huracanado:
lo vi estallar hacia el cenit,
morder el cielo y escupirlo.

Na ponta do Trovão andei, recolhendo sal no rosto, e do oceano, na boca, o coração de vendaval: eu o vi estrondar até o zênite, morder o céu e cuspi-lo.

O Chile é uma longa costa sacudida por terremotos e exposta à cólera do oceano mal chamado Pacífico. Não é estranho que os chilenos associem ao mar, consciente ou inconscientemente, o seu poeta. Além disso, são muitas as testemunhas estrangeiras que para descrever Neruda recorreram a imagens marinhas, o que demonstra que entre Neruda e o mar existe um nexo perceptível, inclusive à primeira vista. Um inglês o viu como "um deus do mar, atirado à costa, com algas e restos de naufrágio que ainda estão pendurados".

Uma escritora sueca o compara, num livro sobre o Chile, a uma baleia que desaparece nas profundidades e volta à superfície lançando um esguicho de água pela nuca. Outros falaram dos seus olhos anfíbios, "de lagarto grande e humorístico".

São muitas as perspectivas que se pode escolher para descrever o desenvolvimento da poesia de Neruda; uma delas consistiria em examinar as diferentes alternativas do seu diálogo com o mar, que nunca se interrompeu. Na poesia da adolescência e da primeira juventude, o mar o envolve todo, apaga as marcas individuais; é o elemento maternal em que a identidade aspira a se dissolver, a perder os seus limites:

¡Yo sólo quiero que me lleves!	Eu só quero que me leves!

diz-lhe Neruda em "Playa del Sur", um dos poemas de sua obra de adolescência, *Crepusculario*. Num livro um pouco posterior, *El hondero entusiasta*, o assalto à mulher é semelhante ao assalto das ondas.

como una ola en el mar hacia ti va mi cuerpo	como uma onda no mar na tua direção vai o meu corpo

E os versos iniciais de *Residencia en la tierra*, o livro que marca a sua jovem maturidade e que revoluciona a poesia castelhana, parecem refletir uma visão submarina do primeiro dia da Criação:

Como cenizas, como mares
poblándose,
en la sumergida lentitud, en
lo informe...

Como cinzas, como mares se povoando, na submersa lentidão, no informe...

Depois, nos anos de mais intenso compromisso político, o poeta procurará reprimir este panteísmo dissolvente. O mar já não evocará símbolos maternais. Será uma força hostil, traiçoeira, que arrebata as vidas dos humildes pescadores. O advento do socialismo fará possível dominar a natureza, e então:

un hilo atómico
guardará tu cintura,
plantaremos
en tu jardín profundo
plantas
de cemento y acero,
te amarraremos
pies y manos,
los hombres por tu piel
pasearán escupiendo,
sacándote racimos,
construyéndote arneses,
montándote y domándote,
dominándote el alma.

um fio atômico guardará a tua cintura, plantaremos no seu jardim profundo plantas de cimento e aço, te amarraremos pés e mãos, os homens pela tua pele passearão cuspindo, tirando de ti cachos, construindo-te arreios, te montando e te domando, te dominando a alma.

A última poesia de Neruda é uma poesia de recuperação e reconciliação. O poeta recolhe todos os fios do seu canto, sem se esquecer de um sequer. Os seus velhos temas revivem, mas sem a agressividade de antes. A visão caótica de *Residencia en la tierra* reaparece, emagrecida, transformada pelo humor, em *Estravagario*. Os *Veinte poemas de amor* da primeira juventude se prolongam nos

Cien sonetos, no qual o poeta de 50 anos não encontra, nem procura, os tons de *La canción desesperada*. Os seus inimigos arrancam os cabelos. "Neruda [...] se reconciliou até com a Coca-Cola", declara um romancista de mau humor. Um jovem crítico, mais compreensivo, fala da sua "sonolência outonal". O que acontece é que Neruda se converteu num neoclássico, num poeta da sabedoria. A visão do autor de *Residencia en la tierra* era a de "*un párpado atrozmente levantado a la fuerza*" [uma pálpebra atrozmente levantada à força].

Em *Estravagario*, contrariamente, nos convida a contemplar o

movimiento perpetuo
de un hombre claro y confundido,
de un hombre lluvioso y alegre,
enérgico y otoñabundo.

movimento perpétuo de um homem claro e confuso, de um homem chuvoso e alegre, enérgico e com humor de outono.

O diálogo do poeta com o mar se reata, como sempre, mas agora predomina um tom de comunhão serena e amável. Depois de viajar sem descanso pela terra, o poeta encontrou um lugar definitivo onde se instalar com a sua mulher, junto ao oceano. Nesse lugar, mais que um ponto geográfico determinado, é um espaço poético situado "*a medio mar y cerca del crepúsculo*" [a meio mar e perto do crespúsculo], onde o poeta pede que o ajudem a ser "*más espuma sagrada, más aire de la ola*" [mais espuma sagrada, mais vento da onda].

Nesse lugar descobre o manual da sua sabedoria, alimentada sem cessar por encontros e comprovações alegres ou melancólicas, "otoñabundas".

... la lluviosa llamada de un niño que tiene mi rostro y que encuentro en las dunas, perdido, y que no reconozco, a todo esto, agregando el barril de las malas acciones que vuelven y asustan, o el ramo de nardos inútiles que tal vez se pudrió en una puerta sin que aquella a que fue destinado ocara o besara su aroma, todo esto es el libro, el manual de mi sabiduría: y no puedo aprender otras cosas porque llego de la desventura.

... a chuvosa chamada de um menino que tem meu rosto e que encontro nas dunas, perdido, e que não reconheço, tudo isto, juntando o barril das más ações que voltam e assustam, ou o ramo de nardos inúteis que talvez tenha apodrecido numa porta sem que aquela a que foi destinado tocasse ou beijasse o seu aroma, tudo isso é o livro, o manual da minha sabedoria: e não posso aprender outras coisas porque chego da desventura.

Desde que nasceu, em 1904, em Parral, uma pequena cidade do sul do Chile, a trajetória humana e poética de Pablo Neruda foi longa. É talvez o mais fecundo entre os grandes poetas contemporâneos de todas as línguas. Até o momento, as suas obras ultrapassam os trinta títulos. Mantém-se em plena atividade criadora e cada ano junta um ou dois volumes à sua produção, às vezes mais. Passa a maior parte do tempo na sua casa de Isla Negra, na costa central do Chile, e aí escreve com rigoroso método, todas as madrugadas, enchendo cadernos de desenho com a sua caligrafia verde e abundante. Gosta de comparar o seu trabalho com o dos artesãos, carpinteiros, pedreiros, oleiros:

¡Ay, qué lección *me dió con su trabajo* *el albañil tranquilo!*	Ai, que lição me deu com o seu trabalho o pedreiro tranquilo!

Sofre de um desajeito manual surpreendente e confessa que desde menino sentiu admiração pelos que trabalham com as mãos. Vive rodeado de objetos e coleções que, de alguma maneira, fazem parte do seu mundo poético: estátuas de proa, caracóis marinhos, veleiros dentro de garrafas, globos terrestres, garrafas do início do século, antigos instrumentos de navegação, delicadas botinas de senhoras de antigamente. Há pouco adquiriu o cavalo de madeira em tamanho natural do seleiro de Temuco, a cidade onde passou a sua infância, e construiu para ele um quarto especial na casa de Isla Negra. Atrás desse quarto está a pequena sala onde se recolhe para escrever. Há uma poltrona giratória entre uma mesa construída com grossas toras de madeira atiradas pelo mar, restos de naufrágio, e a escrivaninha que pertenceu ao pai do poeta, José del Carmen Reyes Morales, trabalhador ferroviário, descendente de pequenos agricultores empobrecidos pelas suas "tierras escasas y cantidades de hijos" [terras escassas e quantidades de filhos].

Atrás da mesa se ergue uma grande salamandra negra, com aspecto de animal fantástico. A fantasia, o humor e a evocação da infância, junto ao tema persistente do mar, contribuem para formar o estilo da casa. Da sua última viagem à Europa o poeta trouxe dois autômatos que executam passes exatos e milagrosos de prestidigitação. Para as crianças, esta casa de Neruda é deslumbrante e mágica.

Nos lugares onde habita Neruda e nos objetos que coleciona, descobrem-se os temas constantes da sua obra. Apesar da variedade e da fecundidade da sua poesia, é o poeta mais fiel a certas realidades elementares. Por exemplo, a amizade. O bar da casa de Isla Negra rende homenagem aos amigos. Enquanto os vivos, convidados permanentes, se reúnem junto ao balcão, os nomes dos amigos mortos estão escritos nas vigas do teto. Na porta se encontram os retratos de dois companheiros prediletos, dois irmãos: Federico García Lorca e Alberto Rojas Jiménez, que foi o príncipe da boemia chilena por quatro décadas. Um príncipe sem um centavo e com uma Corte quase dos Milagres, como François Villon. A partir da *Residencia en la tierra*, a obra de Neruda está cheia de poemas de amizade. É um dos seus temas principais, depois do motivo central do amor. Como acontecia com a visão do mar, a atitude diante da amizade também traz uma perspectiva útil para observar o desenvolvimento do poeta. Na época de Residencia, sente-se rodeado pela lenta e inexorável destruição das coisas e dos seres. Cada morte individual é um reflexo dessa destruição geral e a coloca em primeiro plano, esbofeteando o poeta com a intuição desse processo corrosivo. Neruda recebe em Barcelona a notícia da morte, ocorrida em Santiago, do seu amigo Rojas Jiménez, e o vê aproximar-se voando e se desintegrando numa atmosfera fúnebre próxima do surrealismo:

Oigo tus alas y tu lento vuelo,
y el agua de los muertos me golpea
como palomas ciegas y mojadas:
vienes volando.

Ouço as tuas asas e o teu lento voo, e a água dos mortos me bate como pombas cegas e molhadas: vens voando.

Vienes volando, solo solitario,
solo entre muertos, para siempre solo,

Vens voando, sozinho solitário, sozinho entre mortos, para sempre sozinho,

vienes volando, sin sombra y sin nombre,
sin azúcar, sin boca, sin rosales,
vienes volando.

vens voando, sem sombra e sem nome, sem açúcar, sem boca, sem roseiras, vens voando.

Em "Oda a Federico García Lorca", parece que Neruda, obcecado pelas manifestações antecipadas e cotidianas da morte, teria pressentido o fuzilamento do poeta espanhol. A ode foi escrita antes que estourasse a guerra civil, quando Federico se encontrava no apogeu da glória. Entretanto, o poema tem um tom decididamente desprendido, elegíaco:

Si pudiera llorar de miedo
en una casa sola,
si pudiera sacarme los ojos
y comérmelos,
lo haría por tu voz de naranjo enlutado
y por tu poesía que sale dando gritos...

Se pudesse chorar de medo uma casa sozinha, se pudesse arrancar-me os olhos e comê-los, fá-lo-ia pela tua voz de laranjeira enlutada e pela tua poesia que sai dando gritos...

Mais adiante descreve, numa dessas enumerações que lembram Walt Whitman, os acontecimentos e os seres que chegam à casa de Federico. Parece que iam para participar de um duelo:

llega el verano con los labios rotos,
llegan muchas personas de traje agonizante,
llegan regiones de triste esplendor,

chega o verão com os lábios rachados, chegam muitas pessoas de traje agonizante, chegam regiões de triste esplendor,

llegan arados muertos y amapolas,
llegan enterradores y jinetes...
llegan enmascarados arrastando doncellas
atravesadas por grandes cuchilos...
llega la noche con la cama en donde
muere entre las arañas un húsar solitario...

chegam arados mortos e papoulas, chegam coveiros e ginetes... chegam mascarados arrastando donzelas atravessadas por grandes facões... chega a noite com a cama onde morre entre as aranhas um hussardo solitário...

Neruda invoca, ao terminar esta enumeração, a juventude e a graça poética do seu amigo:

Ven a que te corone, joven de la salud
y de la mariposa, joven puro
como un negro relámpago perpetuamente libre...

Vem para que te coroe, jovem da saúde e da borboleta, joven puro como um negro relâmpago perpetuamente livre...

Entretanto, os dois versos finais contêm uma terrível advertência:

Ya sabes por ti mismo muchas cosas,
y otras irás sabiendo lentamente.

Já sabes por ti mesmo muitas coisas e outras irás sabendo lentamente.

De forma paradoxal, Neruda deixa de acreditar na morte à medida que transcorrem os anos. Na guerra civil desaparecem dois dos seus melhores amigos: García Lorca e Miguel Hernández, o poeta pastor. Destrói-se, além disso, uma forma de vida madrilenha que Neruda amava. Sua primeira reação é a cólera e o ardente chamado para a luta contido em *España en el corazón*. Mas o conflito provoca, além da indignação momentânea, uma experiência profunda, decisiva: o poeta sai bruscamente do seu ensimesmamento e descobre a solidariedade humana. Tudo está dito numa estrofe de "Reunión bajo las nuevas banderas":

Yo de los hombres tengo la misma mano herida, *yo sostengo la misma copa roja* *e igual asombro enfurecido:* *un día* *palpitante de sueños* *humanos, un salvaje* *cereal ha llegado* *a mi devoradora noche* *para que junte mis pasos de lobo* *a los pasos del hombre.*	Eu dos homens tenho a mesma mão ferida, eu sustento a mesma taça rubra e igual assombro enfurecido: um dia palpitante de sonhos humanos, um selvagem cereal chegou à minha devoradora noite para que junte os meus passos de lobo aos passos do homem.

Ao juntar os seus passos de lobo aos passos de homem, descobre a existência dos demais e, com isso, a possibilidade da alegria. O poeta ensimesmado, para quem todas as coisas não eram mais que lembrança da morte, como nos sonetos de Quevedo, se transforma no homem invisível da primeira das Odas elementales. Terminada a exaltação romântica do eu, só existem as dores, os trabalhos e as alegrias alheias:

yo quiero *que todos vivan* *en mi vida* *y canten en mi canto...*	Eu quero que todos vivam em minha vida e cantem em meu canto...

A mudança de atitude diante da amizade e da morte é significativa. O poeta acredita agora na vida. A morte de um amigo, em vez de golpeá-lo com uma rajada de evocações fúnebres, sugere uma simples ausência, a impossibilidade dolorosa de compartir os dons da terra. Comparemos a sombria evocação de Rojas Jiménez, citada anteriormente, com esta do *Memorial de Isla Negra*.

Rojas Jiménez extraviado
en su delicadeza,
marino de papel, estrictamente
loco, elevando
el humo en una copa
y en otra copa
su ternura errante,
hasta que así se fue de tumbo en tumbo,
como si el vino se lo hubiera llevado
a una comarca más y más lejana!

Rojas Jiménez extraviado na sua delicadeza, marinheiro de papel, estritamente louco, elevando a fumaça numa taça e na outra taça a sua ternura errante, até que assim se foi de tombo em tombo, como se o vinho o tivesse levado a uma comarca mais e mais longínqua!

Não é fácil formar uma imagem verídica de Neruda. Foi desde jovem objeto de elogios incondicionais e de ataques furibundos. Mas fora da deformação interessada de admiradores e inimigos, o personagem Neruda sempre deu asa à fabulação. Um dos mitos mais correntes é o do poeta instintivo, alheio a toda formação literária. Em certa medida, ele mesmo permitiu que se desenvolvesse essa crença ao expressar ostensivamente o seu desprezo pela erudição, pelo saber livresco.

A verdade é que toda a obra de Neruda supõe um vasto e apaixonado conhecimento da poesia universal, desde os esquecidos poetas chilenos do início do século XX em *Crepusculario*, e os poetas latino-americanos que influem na sua poesia de juventude — Sabat Ercasty, López Velarde, Herrera y Reissig, Darío —, até Quevedo, Góngora, Villamediana, todo o Século de Ouro e a moderna poesia espanhola, os poetas ingleses, Baudelaire, Lautréamont, Charles d'Orléans, Whitman, Edgard Poe, Camões e os poetas portugueses.

Em inumeráveis poemas e na maioria dos seus textos em prosa, Neruda não se cansa de render homenagem à tradição literária. Em sua "Viaje al corazón de Quevedo" fala dos "*dos ríos de hierro: la tradición y la revolución*" [dois rios de ferro: a tradição e a revolução]. E num discurso de incorporação à Universidade do Chile, o único poema que Neruda citou extensamente foi "La Jolie Rousse", em que Apollinaire julga "*la larga querella de la tradición y de la invención*" [a longa disputa da tradição e da invenção].

Os detratores de Neruda quiseram qualificar como desprezo pela cultura um fenômeno muito diferente e que se repete com frequência nos poetas maiores: a desconfiança diante do conhecimento especulativo. Talvez o antípoda de Neruda seja Jorge Luis Borges, o homem da infinita especulação intelectual. É corrente que se atribua a recíproca hostilidade entre Neruda e Borges a diferenças políticas dos últimos anos. Entretanto, numa carta dirigida do Ceilão, em 1929, aos 25 anos de idade, a um correspondente argentino, Neruda analisa com antecipada clarividência a sua posição diante de Borges:

Borges, que usted me menciona, me parece más preocupado de problemas de la cultura y de la sociedad, que no me seducen, que

Borges, que o senhor menciona, me parece mais preocupado com os problemas da cultura e da sociedade, que não me seduzem, que

no son humanos. A mi me gustan los grandes vinos, el amor, los sufrimientos, y los libros como consuelo a la inevitable soledad. Tengo hasta cierto desprecio por la cultura como interpretación de las cosas, me parece mejor un conocimiento sin antecedentes, una absorción física del mundo, a pesar y en contra de nosotros. La historia, los problemas "de conocimiento", como los llaman, me parecen despojados de dimensión. ¿Cuántos de ellos llenarían el vacío? Cada vez veo menos ideas en torno mío, y más cuerpos, sol, sudor...	não são humanos. Por mim, gosto dos grandes vinhos, do amor, dos sofrimentos, e dos livros como consolo para a inevitável solidão. Tenho até certo desprezo pela cultura como interpretação das coisas, me parece melhor um conhecimento sem antecedentes, uma absorção física do mundo, a pesar de e contra nós mesmos. A história, os problemas "do conhecimento", como são chamados, me parecem despojados de dimensão. Quantos deles encheriam o vazio? Cada vez vejo menos ideias ao meu redor, e mais corpos, sol, suor...

A carta reflete a angústia do poeta de *Residencia en la tierra*; o tom mudará com os anos, mas o parágrafo citado é revelador da atitude de Neruda diante de toda forma abstrata de conhecimento.

Nos últimos anos, Neruda evocou frequentemente a sua infância, tanto nos seus poemas quanto em alguns textos em prosa. Um desses textos, "Infancia y poesía", escrito em 1954, traz o melhor dos testemunhos sobre os seus anos de formação. Neruda relata as viagens que fazia com o seu pai ao bosque de Boroa, em plena fronteira de Arauco, no sul do Chile.

La Naturaleza allí me daba una especie de embriaguez. Yo tendría unos diez años, pero era ya poeta. No escribía versos, pero me atraían los pájaros, los escarabajos, los huevos de perdiz. Era milagroso encontrarlos en las quebradas, empavonados, oscuros y relucientes, con un color parecido al del cañón de una escopeta...

A natureza ali me dava uma espécie de embriaguez. Eu teria uns dez anos, mas já era poeta. Não escrevia versos, mas me atraíam os pássaros, os escaravelhos, os ovos de perdiz. Era milagroso encontrá-los nas quebradas, azulados, escuros e reluzentes, com uma cor parecida com a do cano de uma espingarda...

Não escrevia versos, mas o amor à natureza já definia a sua condição de poeta. Depois aparecem os livros na sua aprendizagem; entretanto, os livros são um prolongamento da natureza:

Eran otras flores deslumbrantes, otros altos follajes sombríos, misterioso silencio, sonidos celestiales, pero también la vida de hombres más allá de los cerros, más allá de los helechos, más allá de la lluvia.

Eram outras flores deslumbrantes, outras altas folhagens sombrias, misterioso silêncio, sons celestiais, mas também a vida dos homens além dos montes, além dos fetos, além da chuva.

A curiosidade pela natureza se relaciona com um apego invariável aos seres que de algum modo estão marginalizados na sociedade. Nas excursões ao bosque de Boroa, o melhor amigo do poeta é Monge, esfaqueador perigoso, que tinha na cara duas grandes linhas:

la cicatriz vertical de un cuchillazo... y su sonrisa blanca, horizontal, llena de simpatía y picardía.	a cicatriz vertical de uma navalha... e seu sorriso branco, horizontal, cheio de simpatia e de picardia.

Mais adiante, o poeta relata o seu encontro com Gabriela Mistral, então diretora do liceu de Temuco, e diz que reconheceu em sua face a de um monge:

la misma sonrisa entre pícara y fraternal y los ojos que se fruncían, picados por la nieve o la luz del pampa.	o mesmo sorriso entre pícaro e fraternal e aos olhos que se franziam, feridos pela neve ou pela luz do pampa.

O paralelo não é arbitrário; diante da existência limitada e submetida da burguesia de província, ambos representavam uma forma de liberdade: a do poeta ou a do homem que vive fora da lei; além disso, em um monge, que descobria para o garoto maravilhosos insetos e flores selvagens, e na poeta, Neruda encontrava outro traço comum: o contato com a terra.

No prefácio a *El habitante y su esperanza*, de 1926, esses sentimentos encontraram uma breve e contraditória formulação, manifestação do anarquismo que predominava naqueles anos na juventude chilena.

Como ciudadano, soy hombre tranquilo, enemigo de leyes, gobiernos e instituciones establecidas. Tengo repulsión por el burgués, y me gusta la vida de la gente intranquila e insatisfecha, sean estos artistas o criminales.	Como cidadão, sou homem tranquilo, inimigo de leis, governos e instituições estabelecidas. Tenho repulsa pelo burguês, e gosto da vida da gente intranquila e insatisfeita, sejam estes artistas ou criminosos.

Este anarquismo se expressa com maior intensidade em *Residencia en la tierra* e depois desaparece quase que por completo; a rebeldia juvenil fica integrada dentro do otimismo marxista; por outro lado, a ideia do poeta em contato com a natureza persiste. No poema de *Canto general* a Abraham Jesús Brito, poeta popular chileno, ela tem uma das suas expressões mais acabadas. O poema descreve Brito, personagem de uma verdadeira idade média poética que coexiste no Chile com a poesia culta, vagando pelas cidades e construindo os seus versos. Mas o poeta vem da terra, é "*como un árbol peregrino*" [como uma árvore peregrina], que procura, através do pavimento das cidades, a terra para pôr raízes; o que encontrará no final da sua peregrinação:

Jesús Brito es su nombre, Jesús Parrón o pueblo,
y fué haciéndose agua por los ojos,
y por las manos se fué haciendo raíces,
hasta que lo plantaron de nuevo donde estuvo
antes de ser, antes de que brotara
del territorio, entre las piedras pobres.

Jesus Brito é o seu nome, Jesus Parreira ou povo, e se foi fazendo água pelos olhos, e pelas mãos se foi fazendo raízes, até que o plantaram de novo onde esteve antes de ser, antes que brotasse do território, entre as pedras pobres.

A imagem do lagarto ou a do deus do mar atirado à praia corresponde a um ser a meio caminho entre a terra e o oceano. Os lagartos, capazes de viver em terrenos montanhosos e secos, são a transição biológica entre os peixes e os animais terrestres. Estas testemunhas estrangeiras de passagem pelo Chile tiveram uma intuição exata do poeta:

viram o ser mítico e adivinharam as suas raízes terrestres e oceânicas, como o próprio Neruda tinha captado as de Brito. No final do seu percurso poético, Neruda olha com um sorriso as mudanças de estilo que desconcertaram os críticos. Em *La barcarola* diz:

Yo cambié tantas veces de
sol y de arte poética
que aún estaba sirviendo
de ejemplo en cuadernos de
melancolía
cuando ya me inscribieron
en los nuevos catálogos de
los optimistas,
y apenas me habían decla-
rado oscuro como boca de
lobo o de perro
denunciaron a la policía la
simplicidad de mi canto...

Eu mudei tantas vezes de sol e de arte poética que ainda estava servindo de exemplo em cadernos de melancolia quando já me inscreveram nos novos catálogos dos otimistas, e mal me haviam declarado enrolado como um carretel, denunciaram à polícia a simplicidade do meu canto...

Os que acreditaram, diante de cada nova etapa do poeta, que era a definitiva, se equivocaram por tomar as suas declarações estéticas ao pé da letra. Tinha-se que compreender a parte lúdica e o elemento de humor que há em toda grande poesia. A Neruda, melhor que a ninguém, se pode aplicar a estrofe de Fernando Pessoa:

O poeta é um fingidor.
Finge tão completamente
Que chega a fingir que é dor
A dor que deveras sente.

Entretanto, através do seu jogo poético, Neruda manteve fidelidades essenciais. Manteve, sobretudo, o seu amor à natureza, que o transformou em poeta antes que ele se desse conta. Os seus outros amores e o seu trabalho mesmo derivam desta adesão inicial. Realizam-se com o ritmo compassado e orgânico da natureza, como a respiração. Daí que o mito, que não segue os homens de escritório, tenha rodeado Neruda sempre. "Un poeta debe ser un mito" [um poeta deve ser um mito], disse ele uma vez. Os chilenos, ao temer que o mar o tivesse levado durante a ressaca, adivinhavam esta condição do poeta. Os mitos não podem morrer de morte natural. Devem continuar em alguma região remota, navegando e criando poesia.

Santiago, agosto de 1968.

TRADUÇÃO E LEITURA DE PABLO NERUDA

Eliane Zagury

Esta *Antologia poética* segue uma orientação didática baseada em critérios da mais absoluta intenção de fidelidade filológica nas duas vertentes que a estruturam: a literária e a linguística. Trata-se de uma edição bilíngue com características muito especiais: a presença do texto em sua forma original, acompanhado de uma tradução para a língua portuguesa que deve funcionar como um guia de leitura, num trabalho de equivalência semântico-expressiva, que evita tanto quanto possível a interrupção do clima poético que se estabelece no contato poema-leitor, o que se torna impossível nas consultas diretas ao dicionário.

Esse é o ponto-chave da nossa intenção: aproximar mais o leitor do texto original, fazê-lo sentir diretamente a comunicação poética de Pablo Neruda. Por isso repudiamos a tradução em verso: os compromissos rítmicos da forma poética são os principais responsáveis pela não fidelidade estrita ao significado original (preferimos, então, que a forma poética seja sentida no próprio texto de língua espanhola). Perseguimos esta fidelidade até onde é possível a equivalência de duas línguas, vale dizer, de duas culturas, isto é, de duas formas de sentir, agir, pensar e se expressar — e a perseguimos também até onde permitiu o nosso conhecimento teórico e vivencial das línguas espanhola e portuguesa.

E aqui é preciso fazer uma ressalva: duas línguas aparentemente tão semelhantes apresentam uma diferença básica, para nós mais importante que todas as divergências fonéticas, sintáticas ou morfológicas (que podem ser sistematizadas com maior facilidade): a diferença de escolha do vocabulário nos vários níveis de linguagem coloquial, familiar ou literária e suas interações na poesia de Neruda — em outros termos, a observação não sistemática, e não sei até que ponto sistematizável no momento, de que as formas semelhantes de evolução espanhola e portuguesa de uma mesma palavra latina (qualquer que seja a sua época de entrada na língua românica, e talvez aí mesmo resida o ponto nevrálgico do problema) dificilmente são equivalentes em expressividade, em conotações ou até mesmo denotações de significado.

Pretendendo, portanto, que a forma poética, no que se refere aos efeitos sonoros do poema, seja apreciada pelo leitor na sua própria versão original em língua espanhola, tentaremos fornecer aqui algumas normas de leitura para o verso de Neruda. Antes de mais nada, convém lembrar que a língua espanhola em que se apresenta é a sua modalidade chilena, em todas as divergências do castelhano (língua oficial espanhola). Mas é preciso ter sempre em mente também que o seu tom é poético, isto é, o mais tensamente literário, o que vai produzir uma pronúncia que tende mais à uniformização do que ao regionalismo — o que se confirma na própria cosmovisão literária de Neruda, poeta de cantos gerais de todos os homens. As normas que traçamos aqui, portanto, são as já teorizadas pelos linguistas para o falar chileno, sempre que confirmadas pela observação da própria elocução do poeta em seus recitais de poesia gravados em disco. Por outro lado, uma vez que estas normas são dirigidas a leitores brasileiros, o nosso ponto de comparação será sempre a pronúncia do português padrão culto do Brasil, não importando que coincidam ou não com as normas do castelhano. Nossa oposição será sempre espanhol do Chile/português do Brasil, não nos ocupando, por não ser o momento oportuno, das variedades internas da língua espanhola.

*

A língua espanhola possui apenas cinco vogais, de pronúncia clara e firme: /a/, /e/, /i/, /o/, /u/. Desconhece a oposição /e/ aberto e /e/ fechado, /o/ aberto e /o / fechado, que temos em português (sede/sêde, almoço/almôço etc.). O /e/ e o /o/ devem ser pronunciados de forma intermediária, soando mais como fechados que como abertos para os nossos ouvidos brasileiros.

Outra oposição inexistente em espanhol é a de vogais orais e nasais (Sá/sã, senta/seta, cinto/cito, monstro/mostro, num/nu, por exemplo). As consoantes nasais /m/ e /n/, que precedem ou seguem vogais, continuam sendo pronunciadas como tais, não nasalizando significativamente estas vogais. A diferença de pronúncia se fará facilmente compreender, se imaginarmos a frase "o homem mata a fome" enunciada por um carioca (o hõmem mata a fõme) e por um paulista (o hómem mata a fóme). Uma palavra como /canto/ será dita em português /cãnto/ e em espanhol /cánto/.

O espanhol também não apresenta vogais reduzidas, como os nossos /e/ e /o/ em posição átona, principalmente em final de palavra, que são pronunciados de maneira intermediária, fechando-se até quase o /i/ ou o /u/. Átonas ou tônicas, as vogais são todas pronunciadas clara e firmemente, como o fazem os gaúchos, por exemplo.

Por convenção gráfica, a língua espanhola utiliza o y para o /i/ semivogal no final da palavra. Por exemplo: estoy, rey etc. É também utilizado o y para uma consoante africada linguopalatal sonora, inexistente em português. Por exemplo, em: ya, yo, uruguaya, reyes etc. Correspondentes aos nossos /lh/ e /nh/, há o /ll/ e o /ñ/.

/t/ e /d/ são sempre linguodentais, como são pronunciados no Brasil e em algumas regiões do Nordeste.

O /s/ será sempre equivalente ao nosso /s-/ inicial ou aos /ss/ intervocálicos. Igual pronúncia exigirá ele diante de /e/ ou /i/ e o z diante de /a/, /o/ ou /u/ (que corresponde ao nosso /ç/).

O /r/ simples espanhol é igual ao nosso. O /r/ inicial ou os /rr/ intervocálicos é que têm pronúncia diferente da carioca: não são aspirados, mas vibrados na ponta da língua, como na pronúncia gaúcha. O /r/ de final de sílaba (de puerta, por exemplo) pode ser pronunciado como simples ou múltiplo, sendo a opção de caráter mais ou menos individual ou regional, sem qualquer norma opositiva.

O j diante de /a/, /o/ ou /u/ e o g diante de /e/ ou /i/ são formas gráficas de uma aspiração um pouco mais forte que a dos nossos /rr/ intervocálicos.

O /ch/ do espanhol é uma consoante africada linguodental surda que corresponde à pronúncia de um /tch/ inexistente para nós.

A diferença entre b e v em espanhol é puramente gráfica, não correspondendo a uma realidade fonética. Ambos representam exatamente o mesmo som, a bilabial que representamos por /b/ em português.

/b/ (b ou v), e /g/ seguido de /a/, /o/ ou /u /, só são oclusivas quando vêm depois de pausa ou de consoante nasal. O /d / só é oclusivo nestes mesmos casos e quando vem depois de /l/. Em outras posições, são sempre fricativos. Para nós, brasileiros, não existe esta diferença, pois /b/, /d/ e /g/ (+ /a/, /o/ ou /u /) são sempre pronunciados como oclusivos, ou seja, com um fechamento da parte da boca que importa na produção deste som, seguido de uma abertura violenta, como uma espécie de explosão. A pronúncia fricativa não realiza o fechamento completo, impedindo portanto a explosão posterior. Fica apenas uma pequena abertura que permite a saída do ar, numa espécie de articulação mais frouxa do mesmo som.

Como em português, a maioria das palavras da língua espanhola é paroxítona. Toda a sua acentuação gráfica, portanto, se baseia nisso, correspondendo o acento gráfico, em geral, a uma caída desta norma. Assim, todos os proparoxítonos (como em português) são acentuados. E todos os oxítonos que terminam em vogal, /n/ ou /s/ também — por exclusão dos paroxítonos, uma vez que o normal é que as palavras terminem em vogal, /n/ e /s/ finais, correspondendo a flexões verbais e de número. Assim, só levam acento gráfico os paroxítonos terminados em consoantes outras. Além disso, sempre que houver um hiato na palavra, será acentuada a vogal que pertence à sílaba tônica. Assim, temos em espanhol /sería/ e /seria/, correspondente ao português /seria/ e /séria/.

Amado Alonso, o tão querido linguista espanhol, diz na sua *Gramática Castellana*: "Disse-se com acerto que a entoação é o comentário perpétuo que a nossa sensibilidade vai fazendo ao pensamento. Mas a entoação não tem apenas caráter de comentário afetivo, como que entra na própria estrutura do pensamento expressado [...]. Para pronunciar com sentido uma frase, é preciso imprimir-lhe a sua adequada figura de entoação: entoação enunciativa, interrogativa, imperativa, desiderativa, exclamativa, com a divisão adequada dos membros por meio de pausas, de inflexões da voz e de regulagens da intensidade."

É mais que óbvia, portanto, a importância da entoação na leitura de poemas, mormente para o tipo de poesia que compõe a obra de Pablo Neruda, feita sobre uma linguagem afetivamente tensa e oratória em estilo moderno. Sempre haverá uma boa dose de entoação que dependerá da interpretação pessoal do leitor, que poderá explorar mais ou menos certos matizes secundários. Contudo, há uma espinha que será geral e obrigatória, concernente à entoação usual da língua. E aí nos deparamos com uma dificuldade: a diferença enorme da nossa entoação em relação à do espanhol do Chile. De um modo geral, a entoação do espanhol é monótona, possuindo quase que exclusivamente uma subida ou queda de tom no final de cada figura, enquanto o português possui uma riqueza melódica bem maior, com muitas oscilações de tom numa mesma figura. Entretanto, a peculiaridade da entoação chilena dentro do panorama da língua espanhola é facilmente reconhecível, sem que, contudo, possa ser descrita aqui com segurança, uma vez que não temos notícia de qualquer descrição sua verdadeiramente científica — o mesmo acontecendo em relação ao português do Brasil, o que vem a impedir qualquer confronto consequente. Que o leitor escute a própria interpretação do poeta é o que recomendamos. No mais, deixe falar a sua sensibilidade e a poesia estará recriada dentro de si.

BREVE CRONOLOGIA DA VIDA E DA OBRA DE PABLO NERUDA

Margarita Aguirre

1904 *Julho*, 12. Nasce em Parral, no Chile, Ricardo Neftalí Reyes Basoalto, filho de José del Carmen Reyes Morales e Rosa Neftalí Basoalto de Reyes. *Agosto*. Perde a mãe.

1906 Seu pai muda-se para Temuco e casa-se com Trinidad Candia Marverde, que dedica ao menino amor de mãe.

1920 Ao terminar o 6º ano de Humanidades, ganha o primeiro prêmio das festas primaveris de Temuco, é presidente do Ateneu Literário do Liceu e adota o pseudônimo de Pablo Neruda.

1921 Vai para Santiago seguir a carreira de professor de francês no Instituto Pedagógico e ganha o primeiro prêmio no Concurso da Federação de Estudantes do Chile.
Publica poemas em revistas.

1923 Publica seu primeiro livro, *Crepusculario*.

1924 Publica *Veinte poemas de amor y una canción desesperada*.

1926 Publica *Tentativa del hombre infinito*, *El habitante y su esperanza* e *Anillos*

1927 É nomeado cônsul em Rangum (Birmânia).

1928 É transferido para Colombo (Ceilão).

1930 Parte para Batávia (Java), quando se casa com a holandesa María Antonieta Haagenar Vogelzang (Maruca).

1932 Regressa ao Chile.

1933 Publica *El hondero entusiasta* e *Residencia en la tierra.*

Vai como cônsul para Buenos Aires, onde conhece Federico García Lorca.

1934 É cônsul em Barcelona e vai a Madri, onde faz conferência e recital na universidade, apresentado por Lorca.

1935 É transferido para Madri, onde também está Gabriela Mistral.

1936 Nesse ano do assassinato de García Lorca, conhece Delia del Carril, que será sua segunda mulher, e começa a escrever *España en el corazón.*

Demitido do consulado, vai para Paris, onde edita uma revista, funda, com César Vallejo, poeta peruano, o Grupo Hispanoamericano de Ayuda a España, e separa-se de Maruca.

1937 *Novembro.* Regressa ao Chile.

1938 Perde o pai e a madrasta.

Na frente de batalha de Barcelona é editado *España en el corazón.*

1939 Volta para Paris, onde é nomeado cônsul para a emigração espanhola e consegue embarcar para o Chile muitos refugiados espanhóis.

1940 É cônsul-geral no México, onde publica *Canto para Bolívar,* e escreve a *Carta a Estalingrado,* que é reproduzida em cartazes nas ruas.

É agredido por um grupo de nazistas em Cuernavaca.

1943 Publica *Nuevo canto de amor a Estalingrado.*

Visita os Estados Unidos.

Volta ao Chile, detendo-se em várias cidades dos países da costa do Pacífico.

Visita Macchu Picchu.

1944 Ganha o Premio Municipal de Poesía de Santiago.

1945 É eleito senador pelas províncias de Tarapacá e Antofagasta.

Recebe o Premio Nacional de Literatura.

Filia-se ao Partido Comunista.

Julho. Vem ao Brasil, onde é saudado na Academia por Manuel Bandeira.

Faz conferências em Montevidéu e Buenos Aires.

Publica *Alturas de Macchu Picchu.*

1946 Obtém sentença judicial declarando que seu nome legal é Pablo Neruda.

1947 Devido a uma carta aberta e a um discurso no Senado, é processado pelo presidente da República, González Videla, e perde sua cadeira de senador por sentença da Suprema Corte. Os tribunais decretam sua prisão e passa a viver escondido, escrevendo *Canto general.*

1949 Foge cruzando a cavalo a Cordilheira.

Assiste em Paris ao Primeiro Congresso Mundial dos Partidários da Paz.

Junho. Vai, pela primeira vez, à União Soviética, para os festejos do 150º aniversário de Pushkin.

Visita a Polônia e a Hungria, e vai ao México em companhia de Paul Éluard.

1950- Publica *Canto general.*

1951 Viaja pela Guatemala, Itália, Tchecoslováquia e Índia. Viaja a Pequim, onde entrega o Prêmio Internacional da Paz ao estadista chinês Sun Yat-sen.

1952 Depois de outras viagens, passa a residir na Itália. Visita Berlim e a Dinamarca.

Tendo sido revogada sua ordem de prisão, volta para o Chile, onde é recebido com grandes manifestações. Visita Temuco, volta a Moscou, organiza em Santiago o Congresso Continental da Cultura, ao qual assistem Jorge Amado, Diego de Rivera e Nicolás Guillén; vai novamente à URSS.

Publica *Los versos del capitán, Las uvas y el viento* e *Odas elementales.*

1954 Seu cinquentenário é comemorado com grandes homenagens e ele faz doação à Universidade do Chile de sua esplêndida biblioteca e de sua coleção de caracóis (mais de 15 mil).

1955 Separa-se de Delia del Carril ("La hormiguita") e casase com Matilde Urrutia.

Viaja por vários países, inclusive o Brasil e a China. Publica *Viajes.*

1956 Volta para o Chile.

1957 Vai a Buenos Aires, onde é detido por um dia e meio na Penitenciária Nacional, única vez em que esteve preso.

1959 Publica *Cien sonetos de amor* e recebe várias homenagens na Venezuela, onde passa cinco meses.

1960 Viaja novamente à União Soviética e outros países e termina o ano em Paris.

Regressa ao Chile, passando pela Itália e por Cuba, onde publica *Canción de gesta*.

1961 Publica *Las piedras de Chile* e *Cantos cerimoniales*.

1962 Publica *Plenos poderes*

Volta à URSS, Bulgária e Itália.

1963 Publica *Livro donde nace la lluvia*.

1964 Aparece *Memorial de Isla Negra*, em cinco volumes.

1966 Publica *Arte de pájaros* e *Una casa en la arena*, com fotos de Sergio Larraín.

1967 *Julho*. Recebe em Viareggio, na Itália, o Prêmio Literário Internacional.

Outubro. Estreia no teatro, em Santiago, sua peça *Fulgor y Muerte de Joaquim Murieta*.

Editorial Losada publica o sexto episódio de *La barcarola*.

1968 Publica *Las manos del día*. Passa alguns dias no Rio, onde lança a primeira edição desta Antologia. Sua estada coincide com a invasão da Tchecoslováquia pelos russos.

Designado membro da Academia Norte-Americana de Artes e Letras.

Começa a fazer crônicas para a revista *Ercilla*, o que continuará até 1970.

1969 Aparecem *Fin de mundo* e o poema "Aún", escrito dias antes do 65º aniversário do poeta.

A Universidade Católica do Chile nomeia-o *doctor scientiae et honoris causa* e o Senado condecora-o com a Medalha de Prata, que só se outorga aos filhos ilustres do Chile.

Publica *Comiendo en Hungria*, em parceria com Miguel Angel Asturias.

Agosto, 30. É escolhido candidato à Presidência da República pelo Partido Comunista.

1970 *Fevereiro*. Renuncia à candidatura para apoiar o candidato único dos partidos populares chilenos, Salvador Allende. Publica *La espada encendida*, *Maremoto* e *Las piedras del cielo*.

1971 *Janeiro*, 7. Vai à Ilha da Páscoa para filmar o documentário *Historia y Geografia de Pablo Neruda* para a televisão. Nomeado embaixador do Chile em Paris, onde chega em março.

Outubro, 21. É escolhido ganhador do Prêmio Nobel de Literatura, viajando a Estocolmo para recebê-lo das mãos do monarca sueco.

1972 Publica *Geografía infructuosa*, pela Losada. Deixa o cargo de embaixador na França e retorna ao Chile.

1973 *Setembro*, 23. Falece na Clínica Santa Maria, em Santiago do Chile.

CREPUSCULARIO

(1920-1923)

FAREWELL Y LOS SOLLOZOS

FAREWELL

1

Desde el fondo de ti, y arrodillado,
un niño triste, como yo, nos mira.

Por esa vida que arderá en sus venas
tendrían que amarrarse nuestras vidas.

Por esas manos, hijas de tus manos,
tendrían que matar las manos mías.

Por sus ojos abiertos en la tierra
veré en los tuyos lágrimas un día.

FAREWELL E OS SOLUÇOS

FAREWELL

1

Do fundo de ti, e ajoelhada, uma criança triste, como eu, nos olha.

Por essa vida que arderá nas suas veias teriam que se amarrar as nossas vidas.

Por essas mãos, filhas das tuas mãos, teriam que matar as minhas mãos.

Pelos seus olhos abertos na terra verei nos teus lágrimas um dia.

2

Yo no lo quiero, Amada.

Para que nada nos amarre
que no nos una nada.

Ni la palabra que aromó tu boca,
ni lo que no dijeron las palabras.

Ni la fiesta de amor que no tuvimos,
ni tus sollozos junto a la ventana.

2

Eu não o quero, Amada.

Para que nada nos amarre, que não nos una nada.

Nem a palavra que aromou a tua boca, nem o que não disseram as palavras.

Nem a festa de amor que não tivemos, nem os teus soluços junto à janela.

3

(Amo el amor de los marineros
que besan y se van.

Dejan una promesa.
No vuelven nunca más.

En cada puerto una mujer espera:
los marineros besan y se van.

Una noche se acuestan con la muerte
en el lecho del mar.)

3

(Amo o amor dos marinheiros que beijam e vão-se embora.

Deixam uma promessa. Não voltam nunca mais.

Em cada porto uma mulher espera: os marinheiros beijam e vão-se embora.

Uma noite se deitam com a morte no leito do mar.)

4

Amo el amor que se reparte
en besos, lecho y pan.

Amor que puede ser eterno
y puede ser fugaz.

Amor que quiere libertarse
para volver a amar.

Amor divinizado que se acerca.
Amor divinizado que se va.

4

Amo o amor que se reparte em beijos, leito e pão.
Amor que pode ser eterno e pode ser fugaz.
Amor que quer se libertar para tornar a amar.
Amor divinizado que se aproxima. Amor divinizado que vai embora.

5

Ya no se encantarán mis ojos en tus ojos,
ya no se endulzará junto a ti mi dolor.

Pero hacia donde vaya llevaré tu mirada
y hacia donde camines llevarás mi dolor.

Fui tuyo, fuiste mía. Qué más? Juntos hicimos
un recodo en la ruta donde el amor pasó.

Fui tuyo, fuiste mía. Tú serás del que te ame,
del que corte en tu huerto lo que he sembrado yo.

Yo me voy. Estoy triste: pero siempre estoy triste.
Vengo desde tus brazos. No sé hacia dónde voy.

... Desde tu corazón me dice adiós un niño
Y yo le digo adiós.

5

Já não se encantarão os meus olhos nos teus olhos, já não se adoçará junto a ti a minha dor.

Mas para onde vá levarei o teu olhar e para onde caminhes levarás a minha dor.

Fui teu, foste minha. O que mais? Juntos fizemos uma curva na rota por onde o amor passou.

Fui teu, foste minha. Tu serás daquele que te ame, daquele que corte na tua chácara o que semeei eu.

Vou-me embora. Estou triste: mas sempre estou triste. Venho dos teus braços. Não sei para onde vou.

... Do teu coração me diz adeus uma criança. E eu lhe digo adeus.

VEINTE POEMAS DE AMOR Y UNA CANCIÓN DESESPERADA

(1923-1924)

LOS VEINTE POEMAS

1

Cuerpo de mujer, blancas colinas, muslos blancos,
te pareces al mundo en tu actitud de entrega.
Mi cuerpo de labriego salvaje te socava
y hace saltar el hijo del fondo de la tierra.

Fui solo como un túnel. De mí huían los pájaros
y en mí la noche entraba su invasión poderosa.
Para sobrevivirme te forjé como un arma,
como una flecha en mi arco, como una piedra en mi honda.

Pero cae la hora de la venganza, y te amo.
Cuerpo de piel, de musgo, de leche ávida y firme.
Ah los vasos del pecho! Ah los ojos de ausencia!
Ah las rosas del pubis! Ah tu voz lenta y triste!

Cuerpo de mujer mía, persistiré en tu gracia.
Mi sed, mi ansia sin límite, mi camino indeciso!
Oscuros cauces donde la sed eterna sigue,
y la fatiga sigue, y el dolor infinito.

OS VINTE POEMAS

1

Corpo de mulher, brancas colinas, coxas brancas, pareces com o mundo na tua atitude de entrega. Meu corpo de lavrador selvagem te escava e faz saltar o filho do fundo da terra.

Fui sozinho como um túnel. De mim fugiam os pássaros, e em mim a noite entrava a sua invasão poderosa. Para sobreviver-me te forjei como uma arma, como uma flecha no meu arco, como uma pedra na minha funda.

Mas cai a hora da vingança, e te amo. Corpo de pele, de musgo, de leite ávido e firme. Ah os copos do peito! Ah os olhos de ausência! Ah as rosas do púbis! Ah tua voz lenta e triste!

Corpo de mulher minha, persistirei na tua graça. Minha sede, minha ânsia sem limite, meu caminho indeciso! Escuros canais onde a sede eterna continua, e a fadiga continua, e a dor infinita.

6

Te recuerdo como eras en el último otoño.
Eras la boina gris y el corazón en calma.
En tus ojos peleaban las llamas del crepúsculo.
Y las hojas caían en el agua de tu alma.

Apegada a mis brazos como una enredadera,
las hojas recogían tu voz lenta y en calma.
Hoguera de estupor en que mi sed ardía.
Dulce jacinto azul torcido sobre mi alma.

Siento viajar tus ojos y es distante el otoño:
boina gris, voz de pájaro y corazón de casa
hacia donde emigraban mis profundos anhelos
y caían mis besos alegres como brasas.

Cielo desde un navío. Campo desde los cerros.
Tu recuerdo es de luz, de humo, de estanque en calma!
Más allá de tus ojos ardían los crepúsculos.
Hojas secas de otoño giraban en tu alma.

6

Me lembro como eras no último outono. Eras a boina cinzenta e o coração em calma. Nos teus olhos brigavam as chamas de crepúsculo. E as folhas caíam na água da tua alma.

Colada aos meus braços como uma trepadeira, as folhas recolhiam a tua voz lenta e em calma. Fogueira de espanto em que a minha sede ardia. Doce jacinto azul torcido sobre a minha alma.

Sinto viajarem teus olhos e é distante o outono: boina cinzenta, voz de pássaro e coração de casa, para onde emigravam os meus profundos desejos e caíam os meus beijos alegres como brasas.

Céu [visto] de um navio. Campo [visto] dos montes: tua lembrança é de luz, de fumaça, de lago em calma! Mais para lá dos teus olhos ardiam os crepúsculos. Folhas secas de outono giravam na tua alma.

15

Me gustas cuando callas porque estás como ausente,
y me oyes desde lejos, y mi voz no te toca.
Parece que los ojos se te hubieran volado
y parece que un beso te cerrara la boca.

Como todas las cosas están llenas de mi alma
emerges de las cosas, llena del alma mía.
Mariposa de sueño, te pareces a mi alma,
y te pareces a la palabra melancolía.

Me gustas cuando callas y estás como distante.
Y estás como quejándote, mariposa en arrullo.
Y me oyes desde lejos, y mi voz no te alcanza:
déjame que me calle con el silencio tuyo.

Déjame que te hable también con tu silencio
claro como una lámpara, simple como un anillo.
Eres como la noche, callada y constelada.
Tu silencio es de estrella, tan lejano y sencillo.

Me gustas cuando callas porque estás como ausente.
Distante y dolorosa como si hubieras muerto.
Una palabra entonces, una sonrisa bastan.
Y estoy alegre, alegre de que no sea cierto.

15

Gosto de ti quando calas porque estás como ausente, e me ouves de longe, e a minha voz não te toca. Parece que os olhos voam de ti e parece que um beijo te fechara a boca.

Como todas as coisas estão cheias da minha alma emerges das coisas, cheia da minha alma. Borboleta de sonho, pareces com a minha alma, e pareces com a palavra melancolia.

Gosto de ti quando calas e estás como distante. E estás como que te queixando, borboleta em arrulho. E me ouves de longe, e a minha voz não te alcança: deixa-me que me cale com o silêncio teu.

Deixa-me que te fale também com o teu silêncio claro como uma lâmpada, simples como um anel. És como a noite, calada e constelada. Teu silêncio é de estrela, tão longínquo e singelo.

Gosto de ti quando calas porque estás como ausente. Distante e dolorosa como se tivesses morrido. Uma palavra então, um sorriso bastam. E estou alegre, alegre de que não seja verdade.

20

Puedo escribir los versos más tristes esta noche.

Escribir, por ejemplo: "La noche está estrellada,
y tiritan, azules, los astros, a lo lejos."

El viento de la noche gira en el cielo y canta.

Puedo escribir los versos más tristes esta noche.
Yo la quise, y a veces ella también me quiso.

En las noches como ésta la tuve entre mis brazos.
La besé tantas veces bajo el cielo infinito.

Ella me quiso, a veces yo también la quería.
Cómo no haber amado sus grandes ojos fijos.

Puedo escribir los versos más tristes esta noche.
Pensar que no la tengo. Sentir que la he perdido.

Oir la noche inmensa, más inmensa sin ella.
Y el verso cae al alma como al pasto el rocío.

Qué importa, que mi amor no pudiera guardarla.
La noche está estrellada y ella no está conmigo.

Eso es todo. A lo lejos alguien canta. A lo lejos.
Mi alma no se contenta con haberla perdido.

Como para acercarla mi mirada la busca.
Mi corazón la busca, y ella no está conmigo.

20

Posso escrever os versos mais tristes esta noite.

Escrever, por exemplo: "A noite está estrelada, e tiritam, azuis, os astros, ao longe." O vento da noite gira no céu e canta.

Posso escrever os versos mais tristes esta noite. Eu a amei, e às vezes ela também me amou.

Em noites como esta eu a tive entre os meus braços. Beijei-a tantas vezes sob o céu infinito.

Ela me amou, às vezes eu também a amava. Como não ter amado os seus grandes olhos fixos.

Posso escrever os versos mais tristes esta noite. Pensar que não a tenho. Sentir que a perdi.

Ouvir a noite imensa, mais imensa sem ela. E o verso cai na alma como no pasto o orvalho.

Que importa que o meu amor não pudesse guardá-la. A noite está estrelada e ela não está comigo.

Isso é tudo. Ao longe alguém canta. Ao longe. Minha alma não se contenta com tê-la perdido.

Como para aproximá-la o meu olhar a procura. Meu coração a procura, e ela não está comigo.

La misma noche que hace blanquear los mismos árboles.
Nosotros, los de entonces, ya no somos los mismos.

Ya no la quiero, es cierto, pero cuánto la quise.
Mi voz buscaba el viento para tocar su oído.

De otro. Será de otro. Como antes de mis besos.
Su voz, su cuerpo claro. Sus ojos infinitos.

Ya no la quiero, es cierto, pero tal vez la quiero.
Es tan corto el amor, y es tan largo el olvido.

Porque en noches como ésta la tuve entre mis brazos,
mi alma no se contenta con haberla perdido.

Aunque éste sea el último dolor que ella me causa,
y éstos sean los últimos versos que yo le escribo.

A mesma noite que faz branquear as mesmas árvores. Nós, os de então, já não somos os mesmos.

Já não a amo, é verdade, mas quanto a amei. Minha voz procurava o vento para tocar o seu ouvido.

De outro. Será de outro. Como antes dos meus beijos. Sua voz, seu corpo claro. Seus olhos infinitos.

Já não a amo, é verdade, mas talvez a ame. É tão curto o amor, e é tão longo o esquecimento.

Porque em noites como esta eu a tive entre os meus braços, a minha alma não se contenta com tê-la perdido.

Ainda que esta seja a última dor que ela me causa, e estes sejam os últimos versos que lhe escrevo.

LA CANCIÓN DESESPERADA

Emerge tu recuerdo de la noche en que estoy.
El río anuda al mar su lamento obstinado.

Abandonado como los muelles en el alba.
Es la hora de partir, oh abandonado!

Sobre mi corazón llueven frías corolas.
Oh sentina de escombros, feroz cueva de náufragos!

En ti se acumularon las guerras y los vuelos.
De ti alzaron las alas los pájaros del canto.

Todo te lo tragaste, como la lejanía.
Como el mar, como el tiempo. Todo en ti fue naufragio!

Era la alegre hora del asalto y el beso.
La hora del estupor que ardía como un faro.

Ansiedad de piloto, furia de buzo ciego,
turbia embriaguez de amor, todo en ti fue naufragio!

En la infancia de niebla mi alma alada y herida.
Descubridor perdido, todo en ti fue naufragio!

Hice retroceder la muralla de sombra,
anduve más allá del deseo y del acto.

A CANÇÃO DESESPERADA

Emerge a tua lembrança da noite em que estou. O rio junta ao mar o seu lamento obstinado.

Abandonado como o cais de madrugada. É hora de partir, ó abandonado!

Sobre o meu coração chovem frias corolas. Ó porão de escombros, feroz caverna de náufragos!

Em ti se acumularam as guerras e os voos. De ti alçaram as asas os pássaros do canto.

Tudo engoliste, como a distância. Como o mar, como o tempo. Tudo em ti foi naufrágio!

Era a alegre hora do assalto e do beijo. A hora do espanto que ardia como um farol.

Ansiedade de piloto, fúria de mergulhador cego. Turva embriaguez de amor, tudo em ti foi naufrágio!

Na infância de névoa minha alma alada e ferida. Descobridor perdido, tudo em ti foi naufrágio!

Fiz retroceder a muralha de sombra, andei mais para lá do desejo e do ato.

Oh carne, carne mía, mujer que amé y perdí,
a ti en esta hora húmeda, evoco y hago canto.

Como un vaso albergaste la infinita ternura,
y el infinito olvido te trizó como a un vaso.

Era la negra, negra soledad de las islas,
y allí, mujer de amor, me acogieron tus brazos.

Era la sed y el hambre, y tú fuiste la fruta.
Era el duelo y las ruinas, y tú fuiste el milagro.

Ah mujer, no sé cómo pudiste contenerme
en la tierra de tu alma, y en la cruz de tus brazos!

Mi deseo de ti fue el más terrible y corto,
el más revuelto y ebrio, el más tirante y ávido.

Cementerio de besos, aún hay fuego en tus tumbas,
aún los racimos arden picoteados de pájaros.

Oh la boca mordida, oh los besados miembros,
oh los hambrientos dientes, oh los cuerpos trenzados.

Oh la cópula loca de esperanza y esfuerzo
en que nos anudamos y nos desesperamos.

Y la ternura, leve como el agua y la harina
Y la palabra apenas comenzada en los labios.

Ó carne, carne minha, mulher que amei e perdi, a ti nesta hora úmida, evoco e canto.

Como um copo albergaste a infinita ternura, e o infinito esquecimento te espedaçou como a um copo.

Era a negra, negra solidão das ilhas, e ali, mulher de amor, me acolheram os teus braços.

Era a sede e a fome, e tu foste a fruta. Era a dor e as ruínas, e tu foste o milagre.

Ah mulher, não sei como me pudeste conter na terra da tua alma, e na cruz dos teus braços!

Meu desejo de ti foi o mais terrível e curto, o mais revolto e ébrio, o mais tenso e ávido.

Cemitério de beijos, ainda há fogo nas tuas tumbas, ainda os cachos ardem bicados de pássaros.

Ó a boca mordida, ó os beijados membros, ó os famintos dentes, ó os corpos trançados.

Ó a cópula louca de esperança e esforço em que nos unimos e nos desesperamos.

E a ternura, leve como a água e a farinha. E a palavra mal começada nos lábios.

Esse foi o meu destino e nele viajou a minha vontade, e nele caiu a minha vontade, tudo em ti foi naufrágio!

Ése fue mi destino y en el viajó mi anhelo,
y en él cayó mi anhelo, todo en ti fue naufragio!

De tumbo en tumbo aún llameaste y cantaste
De pie como un marino en la proa de un barco.

Aún floreciste en cantos, aún rompiste en corrientes.
Oh sentina de escombros, pozo abierto y amargo.

Pálido buzo ciego, desventurado hondero,
descubridor perdido, todo en ti fue naufragio!

Es la hora de partir, la dura y fría hora
que la noche sujeta a todo horario.

El cinturón ruidoso del mar ciñe la costa.
Surgen frías estrellas, emigran negros pájaros.

Abandonado como los muelles en el alba.
Sólo la sombra trémula se retuerce en mis manos.

Ah más allá de todo. Ah más allá de todo.

Es la hora de partir. Oh abandonado!

De tombo em tombo ainda chamejaste e cantaste. De pé como um marinheiro na proa de um navio.

Ainda floresceste em cantos, ainda rompeste em correntezas. Ó porão de escombros, poço aberto e amargo.

Pálido mergulhador cego, desventurado fundeiro, descobridor perdido, tudo em ti foi naufrágio!

É hora de partir, a dura e fria hora que a noite prende a todo horário.

O cinturão ruidoso do mar cinge a costa. Surgem frias estrelas, emigram negros pássaros.

Abandonado como o cais na madrugada. Só a sombra trêmula se retorce nas minhas mãos.

Ah mais para lá de tudo. Ah mais para lá de tudo.

É hora de partir. Ó abandonado!

RESIDENCIA EN LA TIERRA

(1925-1935)

1 (1925-1931)

CABALLO DE LOS SUEÑOS

Innecesario, viéndome en los espejos
con un gusto a semanas, a biógrafos, a papeles,
arranco de mi corazón al capitán del infierno,
establezco cláusulas indefinidamente tristes.

Vago de un punto a otro, absorbo ilusiones,
converso con los sastres en sus nidos:
ellos, a menudo, con voz fatal y fría
cantan y hacen huir los maleficios.

Hay un país extenso en el cielo
con las supersticiosas alfombras del arco iris
y con vegetaciones vesperales:
hacia allí me dirijo, no sin cierta fatiga,
pisando una tierra removida de sepulcros un tanto frescos,
yo sueño entre esas plantas de legumbre confusa.

1 (1925-1931)

CAVALO DOS SONHOS

Desnecessário, me olhando nos espelhos, com um gosto de semanas, de biógrafos, de papéis, arranco do meu coração o capitão do inferno, estabeleço cláusulas indefinidamente tristes.

Vago de um ponto a outro, absorvo ilusões, converso com os alfaiates nos seus ninhos: eles, frequentemente, com voz fatal e fria cantam e os males espantam.

Há um país extenso no céu com os supersticiosos tapetes do arco-íris e com vegetações vesperais: para ali me dirijo, não sem certa fadiga, pisando uma terra removida de sepulcros um tanto frescos, eu sonho entre essas plantas de legume confuso.

Paso entre documentos disfrutados, entre orígenes,
vestido como un ser original y abatido:
amo la miel gastada del respeto,
el dulce catecismo entre cuyas hojas
duermen violetas envejecidas, desvanecidas,
y las escobas, conmovedoras de auxilios,
en su apariencia hay, sin duda, pesadumbre y certeza.
Yo destruyo la rosa que silba y la ansiedad raptora:
yo rompo extremos queridos: y aún más,
aguardo el tiempo uniforme, sin medidas:
un sabor que tengo en el alma me deprime.

Qué día ha sobrevenido! Qué espesa luz de leche,
compacta, digital, me favorece!
He oído relinchar su rojo caballo
desnudo, sin herraduras y radiante.

Atravieso con él sobre las iglesias,
galopo los cuarteles desiertos de soldados
y un ejército impuro me persigue.
Sus ojos de eucaliptus roban sombra,
su cuerpo de campana galopa y golpea.

Yo necesito un relámpago de fulgor persistente,
un deudo festival que asuma mis herencias.

Passo entre documentos desfrutados, entre origens, vestido como um ser original e abatido: amo o mel gasto do respeito, o doce catecismo entre cujas folhas dormem violetas envelhecidas, desvanecidas, e as vassouras, comovedoras de auxílios: na sua aparência há, sem dúvida, pesadume e certeza. Eu destruo a rosa que assovia e a ansiedade raptora: eu rompo extremos queridos: e ainda mais, aguardo o tempo uniforme, sem medidas: um sabor que tenho na alma me deprime. Que dia sobreveio! Que espessa luz de leite, compacta, digital, me favorece! Ouvi relinchar o seu rubro cavalo nu, sem ferraduras e radiante.

Atravesso com ele sobre as igrejas, galopo os quartéis desertos de soldados e um exército impuro me persegue. Seus olhos de eucalipto roubam sombra, seu corpo de sino galopa e golpeia.

Eu preciso de um relâmpago de fulgor persistente, um parente festivo que assuma as minhas heranças.

COLECCIÓN NOCTURNA

He vencido al ángel del sueño, el funesto alegórico:
su gestión insistía, su denso paso llega
envuelto en caracoles y cigarras,
marino, perfumado de frutos agudos.

Es el viento que agita los meses, el silbido de un tren,
el paso de la temperatura sobre el lecho,
un opaco sonido de sombra
que cae como trapo en lo interminable,
una repetición de distancias, un vino de color confundido,
un paso polvoriento de vacas bramando.

A veces su canasto negro cae en mi pecho,
sus sacos de dominio hieren mi hombro,
su multitud de sal, su ejército entreabierto
recorren y revuelven las cosas del cielo:
él galopa en la respiración y su peso es de beso:
su salitre seguro planta en los párpados
con vigor esencial y solemne propósito:
entra en lo preparado como un dueño:
su substancia sin ruido equipa de pronto,
su alimento profético propaga tenazmente.

COLEÇÃO NOTURNA

Venci o anjo do sono, o funesto alegórico: sua gestão insistia, o seu denso passo chega envolto em caracóis e cigarras, marinho, perfumado de frutos agudos.

É o vento que agita os meses, o apito de um trem, a passagem da febre sobre o leito, um opaco som de sombra que cai como trapo no interminável, uma repetição de distâncias, um vinho de cor confusa, uma passagem poeirenta de vacas bramando.

Às vezes seu canastro negro cai no meu peito, seus paletós de domínio ferem o meu ombro, sua multidão de sal, seu exército entreaberto percorrem e revolvem as coisas do céu: ele galopa na respiração e a sua passagem é de beijo: seu salitre seguro planta nas pálpebras com vigor essencial e solene propósito: entra no preparado como um dono: sua substância sem ruído equipa de imediato, o seu alimento profético propaga tenazmente.

Reconozco a menudo sus guerreros,
sus piezas corroídas por el aire, sus dimensiones,
y su necesidad de espacio es tan violenta
que baja hasta mi corazón a buscarlo:
él es el propietario de las mesetas inaccesibles,
él baila con personajes trágicos y cotidianos:
de noche rompe mi piel su ácido aéreo
y escucho en mi interior temblar su instrumento.

Yo oigo el sueño de viejos compañeros y mujeres amadas,
sueños cuyos latidos me quebrantan:
su material de alfombra piso en silencio,
su luz de amapola muerdo con delirio.

Cadáveres dormidos que a menudo
danzan asidos al peso de mi corazón,
qué ciudades opacas recorremos!
Mi pardo corcel de sombra se agiganta,
y sobre envejecidos tahúres, sobre lenocinios de escaleras
[gastadas,
sobre lechos de niñas desnudas, entre jogadores de foot-ball,
del viento ceñidos pasamos:
y entonces caen a nuestra boca esos frutos blandos del cielo,
los pájaros, las campanas conventuales, los cometas:
aquel que se nutrió de geografía pura y estremecimiento,
ése tal vez nos vió pasar centelleando.

Reconheço frequentemente os seus guerreiros, os seus recintos corroídos pelo ar, as suas dimensões, e a sua necessidade de espaço é tão violenta que desce até o meu coração para procurá-lo: ele é o proprietário dos planaltos inacessíveis, ele dança com personagens trágicos e cotidianos: de noite rompe a minha pele o seu ácido aéreo e escuto no meu interior tremer o seu instrumento.

Eu ouço o sonho de velhos companheiros e mulheres amadas, sonhos cujas batidas me quebrantam: seu material de alfombra piso em silêncio, sua luz de [*papaver somniferum*] papoula mordo com delírio.

Cadáveres adormecidos que com frequência dançam presos ao peso do meu coração, que cidades opacas percorremos! O meu pardo corcel de sombra se agiganta, e sobre envelhecidos tafuis [jogadores profissionais], sobre lenocínios de escadas gastas, sobre leitos de meninas nuas, entre jogadores de futebol, pelo vento cingidos passamos: e então caem na nossa boca estes frutos brandos do céu, os pássaros, os sinos conventuais, os cometas: aquele que se nutriu de geografia pura e estremecimento, esse talvez nos viu passar cintilando.

Camaradas cuyas cabezas reposan sobre barriles,
en un desmantelado buque prófugo, lejos,
amigos míos sin lágrimas, mujeres de rostro cruel:
la medianoche ha llegado y un gong de muerte
golpea en torno mío como el mar.
Hay en la boca el sabor, la sal del dormido.

Fiel como una condena, a cada cuerpo
la palidez del distrito letárgico acude:
una sonrisa fría, sumergida,
unos ojos cubiertos como fatigados boxeadores,
una respiración que sordamente devora fantasmas.

En esa humedad de nacimiento, con esa proporción
[tenebrosa,
cerrada como una bodega, el aire es criminal:
las paredes tienen un triste color de cocodrilo,
una contextura de araña, siniestra:
se pisa en lo blando como sobre un monstruo muerto:
las uvas negras inmensas, repletas,
cuelgan de entre las ruinas como odres:
oh Capitán, en nuestra hora de reparto
abre los mudos cerrojos y espérame:
allí debemos cenar vestidos de luto:
el enfermo de malaria guardará las puertas.

Camaradas cujas cabeças repousam sobre barris, num desmantelado brigue fugitivo, longe, amigos meus sem lágrimas, mulheres de rosto cruel: a meia-noite chegou e um gongo de morte bate em torno de mim como o mar. Há na boca o sabor, o sal do adormecido.

Fiel como uma condenação, a cada corpo a palidez do distrito letárgico acode: um sorriso frio, submerso, uns olhos cobertos como fatigados boxeadores, uma respiração que surdamente devora fantasmas.

Nessa umidade de nascimento, com essa proporção tenebrosa, fechada como uma adega, o ar é criminoso: as paredes têm uma triste cor de crocodilo, uma contextura de aranha sinistra: se pisa no macio como sobre um monstro morto: as uvas negras imensas, repletas, se penduram entre as ruínas como odres: ó Capitão, na nossa hora de repartir abre os mudos ferrolhos e me espera: ali devemos cear vestidos de luto: o doente de malária guardará as portas.

Mi corazón, es tarde y sin orillas,
el día, como un pobre mantel puesto a secar,
oscila rodeado de seres y extensión:
de cada ser viviente hay algo en la atmósfera:
mirando mucho el aire aparecerían mendigos,
abogados, bandidos, carteros, costureras,
y un poco de cada oficio, un resto humillado
quiere trabajar su parte en nuestro interior.
Yo busco desde antaño, yo examino sin arrogancia,
conquistado, sin duda, por lo vespertino.

Meu coração, é tarde e sem margens, o dia, como uma pobre toalha [de mesa] posta a secar, oscila rodeado de seres e extensão: de cada ser vivente há algo na atmosfera: olhando muito o ar apareceriam mendigos, advogados, bandidos, carteiros, costureiras, e um pouco de cada ofício, um resto humilhado quer trabalhar a sua parte no nosso interior. Eu procuro desde antanho, eu examino sem arrogância, conquistado, sem dúvida, pelo que vem da tarde.

EL JOVEN MONARCA

Como continuación de lo leído y precedente de la página que sigue debo encaminar mi estrella al territorio amoroso.

Patria limitada por dos largos brazos cálidos, de larga pasión parale- la, y un sitio de oros defendidos por sistema y matemática ciencia guerrera. Sí, quiero casarme con la más bella de Mandalay, quiero encomendar mi envoltura terrestre a ese ruido de la mujer cocinando, a ese aleteo de falda y pie desnudo que se mueven y mezclan como viento y hojas.

Amor de niña de pie pequeño y gran cigarro, flores de ámbar en el puro y cilíndrico peinado, y de andar en peligro, como un lirio de pesada cabeza, de gruesa consistencia.

Y mi esposa a mi orilla, al lado de mi rumor tan venido de lejos, mi esposa birmana, hija del rey.

Su enrollado cabello negro entonces beso, y su pie dulce y perpetuo: y acercada ya la noche, desencadenado su molino, escucho a mi tigre y lloro a mi ausente.

O JOVEM MONARCA

Como continuação do lido e precedente da página que segue devo encaminhar a minha estrela para o território amoroso.

Pátria limitada pelos longos braços cálidos, de longa paixão paralela, e um lugar de ouros defendidos por sistema e matemática ciência guerreira. Sim, quero me casar com a mais bela de Mandalay, quero encomendar a minha envoltura terrestre a esse ruído da mulher cozinhando, a esse mover de asas de saia e pé descalço que se misturam como vento e folhas.

Amor de menina de pé pequeno e grande charuto, flores de âmbar no puro e cilíndrico penteado, e de andar em perigo, como um lírio de pesada cabeça, de grossa consistência.

E a minha esposa às minhas margens, ao lado do meu rumor tão vindo de longe, a minha esposa birmane, filha do rei.

Sua presa cabeleira negra então beijo, e o seu pé doce e perpétuo: e próxima já a noite, desencadeado o seu moinho, escuto o meu tigre e choro a minha ausente.

CABALLERO SOLO

Los jóvenes homosexuales y las muchachas amorosas,
y las largas viudas que sufren el delirante insomnio,
y las jóvenes señoras preñadas hace treinta horas,
y los roncos gatos que cruzan mi jardín en tinieblas,
como un collar de palpitantes ostras sexuales
rodean mi residencia solitaria,
como enemigos establecidos contra mi alma,
como conspiradores en traje de dormitorio
que cambiaran largos besos espesos por consigna.

El radiante verano conduce a los enamorados
en uniformes regimientos melancólicos,
hechos de gordas y flacas y alegres y tristes parejas:
bajo los elegantes cocoteros, junto al océano y la luna,
hay una continua vida de pantalones y polleras,
un rumor de medias de seda acariciadas,
y senos femeninos que brillan como ojos.

El pequeño empleado, después de mucho,
después del tedio semanal, y las novelas leídas de noche
[en cama,
ha definitivamente seducido a sua vecina,
y la lleva a los miserables cinematógrafos
donde los héroes son potros o príncipes apasionados,
y acaricia sus piernas llenas de dulce vello
con sus ardientes y húmedas manos que huelen a cigarrillo.

CAVALEIRO SOLITÁRIO

Os jovens homossexuais e as moças amorosas, e as longas viúvas que sofrem a delirante insônia, e as jovens senhoras engravidadas faz trinta horas, e os roucos gatos que cruzam o meu jardim em trevas, como um colar de palpitantes ostras sexuais rodeiam a minha residência solitária, como inimigos estabelecidos contra a minha alma, como conspiradores em traje de dormitório que trocaram longos beijos espessos como instruções.

O radiante verão conduz os apaixonados em uniformes regimentos melancólicos, feitos de gordos e magros e alegres e tristes casais: sob os elegantes coqueiros, junto ao oceano e à lua, há uma contínua vida de calças e saias, um rumor de meias de seda acariciadas, e seios femininos que brilham como olhos.

O pequeno empregado, depois de muito, depois do tédio semanal, e os romances lidos de noite na cama, definitivamente, seduziu a sua vizinha, e a leva aos miseráveis cinemas onde os heróis são potros ou príncipes apaixonados, e acaricia as suas pernas cheias de doce pelo com as suas ardentes e úmidas mãos que cheiram a cigarro.

Los atardeceres del seductor y las noches de los esposos
se unen como dos sábanas sepultándome,
y las horas después del almuerzo en que los jóvenes
[estudiantes
y las jóvenes estudiantes, y los sacerdotes se masturban,
y los animales fornican directamente,
y las abejas huelen a sangre, y las moscas zumban coléricas,
y los primos juegan extrañamente con sus primas,
y los médicos miran con furia al marido de la joven
[paciente,
y las horas de la mañana en que el profesor, como por
[descuido,
cumple con su deber conyugal y desayuna,
y más aún, los adúlteros, que se aman con verdadero amor
sobre los lechos altos y largos como embarcaciones:
seguramente, eternamente me rodea
este gran bosque respiratorio y enredado
con grandes flores como bocas y dentaduras
y negras raíces en forma de uñas y zapatos.

Os entardeceres do sedutor e as noites dos esposos se unem como dois lençóis me sepultando, e as horas depois do almoço, em que os jovens estudantes e as jovens estudantes, e os sacerdotes se masturbam e os animais fornicam diretamente, e as abelhas cheiram a sangue, e as moscas zumbem coléricas, e os primos brincam estranhamente com as suas primas, e os médicos olham com fúria para o marido da jovem paciente, e as horas da manhã em que o professor, como por descuido, cumpre com o seu dever conjugal e toma o café, e ainda mais, os adúlteros, que se amam com verdadeiro amor sobre leitos altos e compridos como embarcações: certamente, eternamente me rodeia este grande bosque respiratório enredado com grandes flores como bocas e dentaduras e negras raízes em forma de unhas e sapatos.

TANGO DEL VIUDO

Oh Maligna, ya habrás hallado la carta, ya habrás llorado
[de furia,
y habrás insultado el recuerdo de mi madre
llamándola perra podrida y madre de perros,
ya habrás bebido sola, solitaria, el té del atardecer
mirando mis viejos zapatos vacíos para siempre
y ya no podrás recordar mis enfermedades, mis sueños
[nocturnos, mis comidas,
sin maldecirme en voz alta como si estuviera allí aún
quejándome del trópico, de los *coolies corringhis*,
de las venenosas fiebres que me hicieron tanto daño
y de los espantosos ingleses que odio todavía.

Maligna, la verdad, qué noche tan grande, qué tierra tan
[sola!
He llegado otra vez a los dormitorios solitarios,
a almorzar en los restaurantes comida fría, y otra vez
tiro al suelo los pantalones y las camisas,
no hay perchas en mi habitación, ni retratos de nadie en
[las paredes.
Cuánta sombra de la que hay en mi alma daría por
[recobrarte,
y qué amenazadores me parecen los nombres de los meses,
y la palabra invierno qué sonido de tambor lúgubre tiene.

TANGO DO VIÚVO

Oh Maligna, já terás achado a carta, já terás chorado de fúria, e terás insultado a lembrança de minha mãe chamando-a de cadela suja e mãe de cães, já terás bebido só, solitária, o chá do entardecer, olhando os meus velhos sapatos vazios para sempre, e já não poderás recordar as minhas enfermidades, os meus sonhos noturnos, as minhas comidas, sem me maldizer em voz alta como se estivesse ali ainda me queixando do trópico, dos *coolies corringhis*, das venenosas febres que me fizeram tanto mal e dos horríveis ingleses que odeio ainda.

Maligna, a verdade, que noite tão grande, que terra tão só! Cheguei outra vez aos dormitórios solitários, a almoçar nos restaurantes a comida fria, e outra vez jogo no chão as calças e as camisas, não há cabides no meu quarto, nem retratos de ninguém nas paredes. Quanta sombra da que há na minha alma daria para te recuperar, e que ameaçadores me parecem os nomes dos meses, e a palavra inverno que som de tambor lúgubre tem.

Enterrado junto ao cocotero hallarás más tarde
el cuchillo que escondí allí por temor de que me mataras,
y ahora repentinamente quisiera oler su acero de cocina
acostumbrado al peso de tu mano y al brillo de tu pie:
bajo la humedad de la tierra, entre las sordas raíces,
de los lenguajes humanos el pobre sólo sabría tu nombre,
y la espesa tierra no comprende tu nombre
hecho de impenetrables substancias divinas.

Así como me aflige pensar en el claro día de tus piernas
recostadas como detenidas y duras aguas solares,
y la golondrina que durmiendo y volando vive en tus ojos,
y el perro de furia que asilas en el corazón,
así también veo las muertes que están entre nosotros
[desde ahora,
y respiro en el aire la ceniza y lo destruído,
el largo, solitario espacio que me rodea para siempre.

Daría este viento del mar gigante por tu brusca respiracíon
oída en largas noches sin mezcla de olvido,
uniéndose a la atmósfera como el látigo a la piel del caballo.
Y por oírte orinar, en la oscuridad, en el fondo de la casa,
como vertiendo una miel delgada, trémula, argentina,
[obstinada,
cuántas veces entregaría este coro de sombras que poseo,
y el ruido de espadas inútiles que se oye en mi alma,
y la paloma de sangre que está solitaria en mi frente
llamando cosas desaparecidas, seres desaparecidos,
substancias extrañamente inseparables y perdidas.

Enterrada junto ao coqueiro acharás mais tarde a faca que escondi ali por temor de que me matasses, e agora repentinamente eu queria cheirar o seu aço de cozinha acostumado ao peso da tua mão e ao brilho do teu pé: sob a umidade da terra, entre as surdas raízes, das linguagens humanas o pobre só saberia o teu nome, e a espessa terra não compreende o teu nome feito de impenetráveis substâncias divinas.

Assim como me aflige pensar no claro dia das tuas pernas recostadas como detidas e duras águas solares, e a andorinha que dormindo e voando vive nos teus olhos, e o cão de fúria que asilas no coração, assim também vejo as mortes que estão entre nós desde agora, e respiro no ar a cinza e o destruído, o longo, solitário espaço que me rodeia para sempre.

Daria este vento de mar gigante pela tua brusca respiração ouvida em longas noites sem mistura de esquecimento, se unindo à atmosfera como o chicote à pele do cavalo. E para te ouvir urinar, na escuridão, nos fundos da casa, como vertendo um mel delgado, trêmulo, argentino, obstinado, quantas vezes entregaria este coro de sombras que possuo, e o ruído de espadas inúteis que se ouve na minha alma, e a pomba de sangue que está solitária no meu rosto chamando coisas desaparecidas, seres desaparecidos, substâncias estranhamente inseparáveis e perdidas.

2 (1931-1935)

BARCAROLA

Si solamente me tocaras el corazón,
si solamente pusieras tu boca en mi corazón,
tu fina boca, tus dientes,
si pusieras tu lengua como una flecha roja
allí donde mi corazón polvoriento golpea,
si soplaras en mi corazón, cerca del mar, llorando,
sonaría con un ruido oscuro, con sonido de ruedas de tren
[con sueño,
como aguas vacilantes,
como el otoño en hojas,
como sangre,
con un ruido de llamas húmedas quemando el cielo,
sonando como sueños o ramas o lluvias,
o bocinas de puerto triste,
si tú soplaras en mi corazón cerca del mar,
como un fantasma blanco,
al borde de la espuma,
en mitad del viento,
como un fantasma desencadenado, a la orilla del mar
[llorando.

2 (1931-1935)

BARCAROLA

Se apenas me tocasses o coração, se apenas pusesses a tua boca no meu coração, tua fina boca, teus dentes, se pusesses a tua língua como uma flecha rubra ali onde o meu coração empoeirado bate, se soprasses no meu coração, perto do mar, chorando, soaria com um ruído escuro, com som de rodas de trem com sono, como águas vacilantes, como o outono em folhas, como sangue, com um ruído de chamas úmidas queimando o céu, soando como sonhos ou ramagens ou chuvas, ou sirenes de porto triste, se tu soprasses no meu coração, perto do mar, como um fantasma branco, na orla da espuma, na metade do vento, como um fantasma desacorrentado, à beira-mar, chorando.

Como ausencia extendida, como campana súbita,
el mar reparte el sonido del corazón,
lloviendo, atardeciendo, en una costa sola:
la noche cae sin duda,
y su lúgubre azul de estandarte en naufragio
se puebla de planetas de plata enronquecida.

Y suena el corazón como un caracol agrio,
llama, oh mar, oh lamento, oh derretido espanto
esparcido en desgracias y olas desvencijadas:
de lo sonoro el mar acusa
sus sombras recostadas, sus amapolas verdes.

Si existieras de pronto, en una costa lúgubre,
rodeada por el dia muerto,
frente a una nueva noche,
llena de olas,
y soplaras en mi corazón de miedo frío,
soplaras en la sangre sola de mi corazón,
soplaras en su movimiento de paloma con llamas,
sonarían sus negras sílabas de sangre,
crecerían sus incesantes aguas rojas,
y sonaría, sonaría a sombras,
sonaría como la muerte,
llamaría como un tubo lleno de viento o llanto,
o una botella echando espanto a borbotones.

Como ausência estendida, como sino súbito, o mar reparte o som do coração, chovendo, entardecendo, numa costa solitária: a noite cai certamente, e o seu lúgubre azul de estandarte em naufrágio se povoa de planetas de prata enrouquecida.

E soa o coração como um caracol azedo, chama, ó mar, ó lamento, ó derretido espanto esparzido em desgraças e ondas desconsertadas: do sonoro o mar acusa as suas sombras recostadas, as suas papoulas verdes.

Se existisses de repente, numa costa lúgubre, rodeada pelo dia morto, diante de uma nova noite, cheia de ondas, e soprasses no meu coração de medo frio, soprasses no sangue solitário do meu coração, soprasses no seu movimento de pomba com chamas, soariam as suas negras sílabas de sangue, cresceriam as suas incessantes águas rubras, e soaria, soaria no escuro, soaria como a morte, chamaria como um tubo cheio de vento ou pranto, ou uma garrafa soltando espanto aos borbotões.

Así es, y los relámpagos cubrirían tus trenzas
y la lluvia entraría por tus ojos abiertos
a preparar el llanto que sordamente encierras,
y las alas negras del mar girarían en torno
de ti, con grandes garras, y graznidos, y vuelos.

¿Quieres ser el fantasma que sople, solitario,
cerca del mar su estéril, triste instrumento?
Si solamente llamaras,
su prolongado son, su maléfico pito,
su orden de olas heridas,
alguien vendría acaso,
alguien vendría,
desde las cimas de las islas, desde el fondo rojo del mar,
alguien vendría, alguien vendría.

Alguien vendría, sopla con furia,
que suene como sirena de barco roto,
como lamento,
como un relincho en medio de la espuma y la sangre,
como un agua feroz mordiéndose y sonando.

En la estación marina
su caracol de sombra circula como un grito,
los pájaros del mar lo desestiman y huyen,
sus listas de sonido, sus lúgubres barrotes
se levantan a orillas del océano solo.

Assim é, e os relâmpagos cobririam as tuas tranças e a chuva entraria pelos teus olhos abertos para preparar o pranto que surdamente encerras, e as asas negras do mar girariam em torno de ti, com grandes garras, e grasnidos, e voos.

Queres ser o fantasma que sopra, solitário, perto do mar o seu estéril, triste instrumento? Se apenas chamasses, seu prolongado som, seu maléfico apito, sua ordem de ondas feridas, alguém viria talvez, alguém viria, dos cumes das ilhas, do fundo rubro do mar, alguém viria, alguém viria.

Alguém viria, sopra com fúria, que soe como sereia de navio arrebentado, como lamento, como um relincho no meio da espuma e do sangue como uma água feroz se mordendo e soando.

Na estação marinha o seu caracol de sombra circula como um grito, os pássaros do mar o desestimam e fogem, as suas tiras de som, as suas lúgubres cancelas se levantam à beira do oceano solitário.

WALKING AROUND

Sucede que me canso de ser hombre.
Sucede que entro en las sastrerías y en los cines
marchito, impenetrable, como un cisne de fieltro
navegando en un agua de origen y ceniza.

El olor de las peluquerías me hace llorar a gritos.
Sólo quiero un descanso de piedras o de lana,
sólo quiero no ver establecimientos ni jardines,
ni mercaderías, ni anteojos, ni ascensores.

Sucede que me canso de mis pies y mis uñas
y mi pelo y mi sombra.
Sucede que me canso de ser hombre.

Sin embargo sería delicioso
asustar a un notário con un lirio cortado
o dar muerte a una monja con un golpe de oreja.
Sería bello
ir por las calles con un cuchillo verde
y dando gritos hasta morir de frío.

No quiero seguir siendo raíz en las tinieblas,
vacilante, extendido, tiritando de sueño,
hacia abajo, en las tripas mojadas de la tierra,
absorbiendo y pensando, comiendo cada día.

WALKING AROUND

Acontece que me canso de ser homem. Acontece que entro nas alfaiatarias e nos cinemas murcho, impenetrável, como um cisne de feltro navegando numa água de origem e cinza.

O cheiro das barbearias me faz chorar aos gritos. Só quero um descanso de pedras ou de lã, só quero não ver estabelecimentos nem jardins, nem mercadorias, nem óculos, nem elevadores.

Acontece que me canso dos meus pés e das minhas unhas e do meu cabelo e da minha sombra. Acontece que me canso de ser homem.

Entretanto seria delicioso assustar um notário com um lírio cortado ou matar uma freira com um soco no ouvido. Seria belo ir pelas ruas com um punhal verde e dando gritos até morrer de frio.

Não quero continuar sendo raiz nas trevas, vacilante, estendido, tiritando de sono, para baixo, nas tripas molhadas da terra, absorvendo e pensando, comendo cada dia.

No quiero para mí tantas desgracias.
No quiero continuar de raíz y de tumba,
de subterráneo solo, de bodega con muertos
ateridos, muriéndome de pena.

Por eso el día lunes arde como el petróleo
cuando me ve llegar con mi cara de cárcel,
y aúlla en su transcurso como una rueda herida,
y da pasos de sangre caliente hacia la noche.

Y me empuja a ciertos rincones, a ciertas casas húmedas,
a hospitales donde los huesos salen por la ventana,
a ciertas zapaterías con olor a vinagre,
a calles espantosas como grietas.

Hay pájaros de color de azufre y horribles intestinos
colgando de las puertas de las casas que odio,
hay dentaduras olvidadas en una cafetera,
hay espejos
que debieran haber llorado de vergüenza y espanto,
hay paraguas en todas partes, y venenos, y ombligos.

Yo paseo con calma, con ojos, con zapatos,
con furia, con olvido,
paso, cruzo oficinas y tiendas de ortopedia,
y patios donde hay ropas colgadas de un alambre:
calzoncillos, toallas y camisas que lloran
lentas lágrimas sucias.

Não quero para mim tantas desgraças. Não quero continuar de raiz e de túmulo, de subterrâneo solitário, de adega com mortos, inteiriçado, morrendo de aflição.

Por isso a segunda-feira arde como o petróleo quando me vê chegar com a minha cara de prisão, e uiva no seu transcurso como uma roda ferida e dá passos de sangue quente em direção à noite.

E me empurra para certos lugares, para casas úmidas, para hospitais onde os ossos saem pela janela, para certas sapatarias com cheiro de vinagre, para ruas horríveis como gretas.

Há pássaros de cor de enxofre e horríveis intestinos pendurados nas portas das casas que odeio, há dentaduras esquecidas numa cafeteira, há espelhos que deveriam ter chorado de vergonha e espanto, há guarda-chuvas em todas as partes, e venenos e umbigos.

Eu passeio com calma, com olhos, com sapatos, com fúria, com esquecimento, passo, cruzo escritórios e lojas de ortopedia, e pátios onde há roupas penduradas em um arame: cuecas, toalhas e camisas que choram lentas lágrimas sujas.

DESESPEDIENTE

La paloma está llena de papeles caídos,
su pecho está manchado por gomas y semanas,
por secantes más blancos que un cadáver
y tintas asustadas de su color siniestro.

Ven conmigo a la sombra de las administraciones,
al débil, delicado color pálido de los jefes,
a los túneles profundos como calendarios,
a la doliente rueda de mil páginas.

Examinemos ahora los títulos y las condiciones,
las actas especiales, los desvelos,
las demandas con sus dientes de otoño nauseabundo,
la furia de cenicientos destinos y tristes decisiones.

Es un relato de huesos heridos,
amargas circunstancias y interminables trajes,
y medias repentinamente serias.

Es la noche profunda, la cabeza sin venas
de donde cae el día de repente
como de una botella rota por un relámpago.

Son los pies y los relojes y los dedos
y una locomotora de jabón moribundo,
y un agrio cielo de metal mojado,
y un amarillo río de sonrisas.

DESESPEDIENTE

A pomba está cheia de papéis caídos, o seu peito está manchado por borrachas e semanas, por mata-borrões mais brancos que um cadáver e tintas assustadas da sua cor sinistra.

Vem comigo para a sombra das administrações, para a débil, delicada cor pálida dos chefes, para os túneis profundos como calendários, para a dolorida roda de mil páginas.

Examinemos agora os títulos e as condições, as atas especiais, os desvelos, as demandas com os seus dentes de outono nauseabundo, a fúria de cinzentos destinos e tristes decisões.

É um relato de ossos feridos, amargas circunstâncias e intermináveis trajes, e meias repentinamente sérias.

É a noite profunda, a cabeça sem veias de onde cai o dia de repente como uma garrafa quebrada por um corisco.

São os pés e os relógios e os dedos e uma locomotiva de sabão moribundo, e um ácido céu de metal molhado, e um amarelo rio de sorrisos.

Todo llega a la punta de dedos como flores,
y uñas como relámpagos, a sillones marchitos,
todo llega a la tinta de la muerte
y a la boca violeta de los timbres.

Lloremos la defunción de la tierra y el fuego,
las espadas, las uvas,
los sexos con sus duros dominios de raíces,
las naves del alcohol navegando entre naves
y el perfume que baila de noche, de rodillas,
arrastrando un planeta de rosas perforadas.

Con un traje de perro y una mancha en la frente
caigamos a la profundidad de los papeles,
a la ira de las palabras encadenadas,
a manifestaciones tenazmente difuntas,
a sistemas envueltos en amarillas hojas.

Rodad conmigo a las oficinas, al incierto
olor de ministerios, y tumbas, y estampillas.
Venid conmigo al día blanco que se muere
dando gritos de novia asesinada.

Tudo chega à ponta dos dedos como flores, e às unhas como relâmpagos, às poltronas murchas, tudo chega à tinta da morte e à boca violeta dos selos.

Choremos o óbito da terra e o fogo, as espadas, as uvas, os sexos com os seus duros domínios de raízes, as naves do álcool navegando entre naves e o perfume que dança, de noite, de joelhos, arrastando um planeta de rosas perfuradas.

Com um traje de cão e uma mancha no rosto caiamos na profundidade dos papéis, na ira das palavras encadeadas, nas manifestações tenazmente defuntas, nos sistemas embrulhados em amarelas folhas.

Rodai comigo pelos escritórios, pelo incerto cheiro de ministérios, e tumbas, e estampilhas. Vinde comigo ao dia branco que morre dando gritos de noiva assassinada.

ODA CON UN LAMENTO

Oh niña, entre las rosas, oh presión de palomas,
oh presidio de peces y rosales,
tu alma es una botella llena de sal sedienta
y una campana llena de uvas es tu piel.

Por desgracia no tengo para darte sino uñas
o pestañas, o pianos derretidos,
o sueños que salen de mi corazón a borbotones,
polvorientos sueños que corren como jinetes negros,
sueños llenos de velocidades y desgracias.

Sólo puedo quererte con besos y amapolas,
con guirnaldas mojadas por la lluvia,
mirando cenicientos caballos y perros amarillos.

Sólo puedo quererte con olas a la espalda,
entre vagos golpes de azufre y aguas ensimismadas,
nadando en contra de los cementerios que corren en
[ciertos ríos
con pasto mojado creciendo sobre las tristes tumbas de yeso,
nadando a través de corazones sumergidos
y pálidas planillas de niños insepultos.

ODE COM UM LAMENTO

Ó menina entre as rosas, ó pressão de pombas, ó presídio de peixes e roseirais, tua alma é uma garrafa cheia de sal sedento e um sino cheio de uvas é a tua pele.

Por desgraça não tenho para te dar senão unhas ou pestanas, ou pianos derretidos, ou sonhos que saem do meu coração aos borbotões, empoeirados sonhos que correm como ginetes negros, sonhos cheios de velocidades e desgraças.

Só posso te amar com beijos e papoulas, com grinaldas molhadas pela chuva, olhando cinzentos cavalos e cães amarelos.

Só posso te amar com ondas por detrás, entre vagos golpes de enxofre e águas ensimesmadas, nadando contra os cemitérios que correm em certos rios com pasto molhado crescendo sobre as tristes tumbas de gesso, nadando através de corações submersos e pálidos cadernos de meninos insepultos.

Hay mucha muerte, muchos acontecimientos funerarios
en mis desamparadas pasiones y desolados besos,
hay el agua que cae en mi cabeza,
mientras crece mi pelo,
un agua como el tiempo, un agua negra desencadenada,
con una voz nocturna, con un grito
de pájaro en la lluvia, con una interminable
sombra de ala mojada que protege mis huesos:
mientras me visto, mientras
interminablemente me miro en los espejos y en los vidrios,
oigo que alguien me sigue llamándome a sollozos
con una triste voz podrida por el tiempo.

Tú estás de pie sobre la tierra, llena
de dientes y relámpagos.
Tú propagas los besos y matas las hormigas.
Tú lloras de salud, de cebolla, de abeja,
de abecedario ardiendo.
Tú eres como una espada azul y verde
y ondulas al tocarte, como un río.
Ven a mi alma vestida de blanco, con un ramo
de ensangrentadas rosas y copas de cenizas,
ven con una manzana y un caballo,
porque allí hay una sala oscura y un candelabro roto,
unas sillas torcidas que esperan el invierno,
y una paloma muerta, con un número.

Há muita morte, muitos acontecimentos funerários nas minhas desamparadas paixões e desolados beijos, há a água que cai na minha cabeça, enquanto cresce o meu cabelo, uma água como o tempo, uma água negra desacorrentada, com uma voz noturna, com um grito de pássaro na chuva, com uma interminável sombra de asa molhada que protege os meus ossos: enquanto me visto, enquanto interminavelmente me olho nos espelhos e nas vidraças, ouço que alguém me segue me chamando aos soluços com uma triste voz apodrecida pelo tempo.

Tu estás de pé sobre a terra, cheia de dentes e relâmpagos. Tu propagas os beijos e matas as formigas. Tu choras de saúde, de cebola, de abelha, de abecedário ardendo. Tu és como uma espada azul e verde e ondulas ao te tocarem, como um rio. Vem à minha alma vestida de branco, com um ramo de ensanguentadas rosas e taças de cinzas, vem com uma maçã e um cavalo, porque ali há uma sala escura e um candelabro quebrado, umas cadeiras torcidas que esperam o universo, e uma pomba morta, com um número.

ENTRADA A LA MADERA

Con mi razón apenas, con mis dedos,
con lentas aguas lentas inundadas,
caigo al imperio de los nomeolvides,
a una tenaz atmósfera de luto,
a una olvidada sala decaída,
a un racimo de tréboles amargos.

Caigo en la sombra, en medio
de destruidas cosas,
y miro arañas, y apaciento bosques
de secretas maderas inconclusas,
y ando entre húmedas fibras arrancadas
al vivo ser de substancia y silencio.

Dulce materia, oh rosa de alas secas,
en mi hundimiento tus pétalos subo
con pies pesados de roja fatiga,
y en tu catedral dura me arrodillo
golpeándome los labios con un ángel.

Es que soy yo ante tu color de mundo,
ante tus pálidas espadas muertas,
ante tus corazones reunidos,
ante tu silenciosa multitud.

ENTRADA NA MADEIRA

Com a minha razão apenas, com os meus dedos, com lentas águas lentas inundadas, caio no império dos miosótis, numa tenaz atmosfera de luto, numa esquecida sala decaída, num cacho de trevos amargos.

Caio na sombra, no meio de destruídas coisas, e olho aranhas e apascento bosques de secretas madeiras inconclusas, e ando entre úmidas fibras arrancadas ao vivo ser de substância e silêncio.

Doce matéria, ó rosa de asas secas, na minha fundição as tuas pétalas subo com pés pesados de rubra fadiga, e na tua catedral dura me ajoelho batendo nos lábios com um anjo.

É que sou eu diante da tua cor de mundo, diante das tuas pálidas espadas mortas, diante dos teus corações reunidos, diante da tua silenciosa multidão.

Soy yo ante tu ola de olores muriendo,
envueltos en otoño y resistencia:
soy yo emprendiendo un viaje funerario
entre tus cicatrices amarillas:
soy yo con mis lamentos sin origen,
sin alimentos, desvelado, solo,
entrando oscurecidos corredores,
llegando a tu materia misteriosa.

Veo moverse tus corrientes secas,
veo crecer manos interrumpidas,
oigo tus vegetales oceánicos
crujir de noche y furia sacudidos,
y siento morir hojas hacia adentro,
incorporando materiales verdes
a tu inmovilidad desamparada.

Poros, vetas, círculos de dulzura,
peso, temperatura silenciosa,
flechas pegadas a tu alma caída,
seres dormidos en tu boca espesa,
polvo de dulce pulpa consumida,
ceniza llena de apagadas almas,
venid a mí, a mi sueño sin medida,
caed en mi alcoba en que la noche cae
y cae sin cesar como agua rota,
y a vuestra vida, a vuestra muerte asidme,
y a vuestros materiales sometidos,
a vuestras muertas palomas neutrales,
y hagamos fuego, y silencio, y sonido,
y ardamos, y callemos, y campanas.

Sou eu diante da tua onda de aromas morrendo, envoltos em outono e resistência: sou eu empreendendo uma viagem funerária entre as tuas cicatrizes amarelas: sou eu com os meus lamentos sem origem, sem alimentos, insone, sozinho, entrando escurecidos corredores, chegando à tua matéria misteriosa.

Vejo moverem-se as tuas correntes secas, vejo crescerem mãos interrompidas, ouço os teus vegetais oceânicos estalar de noite e fúria sacudidos, e sinto morrerem folhas para dentro, incorporando materiais verdes à tua imobilidade desamparada.

Poros, veios, círculos de doçura, peso, temperatura silenciosa, flechas coladas à tua alma caída, seres adormecidos na tua boca espessa, poeira de doce polpa consumida, cinza cheia de apagadas almas, vinde a mim, ao meu sonho sem medida, caí na minha alcova em que a noite cai e cai sem cessar como água quebrada, e à vossa vida, à vossa morte juntai-me, e a vossos materiais submetidos, a vossas mortas pombas neutras, e façamos fogo, e silêncio, e som, e ardamos, e calemos, e sinos.

SOBRE UNA POESÍA SIN PUREZA

(1935)

SOBRE UNA POESÍA SIN PUREZA

Es muy conveniente, en ciertas horas del día o de la noche, observar profundamente los objetos en descanso: las ruedas que han recorrido largas, polvorientas distancias, soportando grandes cargas vegetales o minerales, los sacos de las carbonerias, los barriles, las cestas, los mangos y asas de los instrumentos de carpintero. De ellos se desprende el contacto del hombre y de la tierra como una lección para el torturado poeta lírico. Las superficies usadas, el gasto que las manos han infligido a las cosas, la atmósfera a menudo trágica y siempre patética de estos objetos, infunde una especie de atracción no despreciable hacia la realidad del mundo.

La confusa impureza de los seres humanos se percibe en ellos, la agrupación, uso y desuso de los materiales, las huellas del pie y de los dedos, la constancia de una atmósfera humana inundando las cosas desde lo interno y lo externo.

Así sea la poesía que buscamos, gastada como por un ácido por los deberes de la mano, penetrada por el sudor y el humo, oliente a orina y a azucena salpicada por las diversas profesiones que se ejercen dentro y fuera de la ley.

Una poesía impura como un traje, como un cuerpo, con manchas de nutrición, y actitudes vergonzosas, con arrugas, observaciones, sueños, vigilia, profecías, declaraciones de amor y de odio, bestias, sacudidas, idilios, creencias políticas, negaciones, dudas, afirmaciones, impuestos.

SOBRE UMA POESIA SEM PUREZA

É muito conveniente, em certas horas do dia ou da noite, observar profundamente os objetos em descanso: as rodas que percorreram longas, poeirentas distâncias, suportando grandes cargas vegetais ou minerais, os sacos das carvoarias, os barris, as cestas, os cabos e asas dos instrumentos de carpinteiro. Deles se desprende o contato do homem e da terra como uma lição para o torturado poeta lírico. As superfícies usadas, o gasto que as mãos infligiram às coisas, a atmosfera frequentemente trágica e sempre patética destes objetos infunde uma espécie de atração não desprezível à realidade do mundo.

A confusa impureza dos seres humanos se percebe neles, o agrupamento, uso e desuso dos materiais, as marcas do pé e dos dedos, a constância de uma atmosfera humana inundando as coisas a partir do interno e do externo.

Assim seja a poesia que procuramos, gasta como por um ácido pelos deveres da mão, penetrada pelo suor e pela fumaça, cheirando a urina e a açucena salpicada pelas diversas profissões que se exercem dentro e fora da lei.

Uma poesia impura como um traje, como um corpo, com manchas de nutrição, e atitudes vergonhosas, com pregas, observações, sonhos, vigília, profecias, declarações de amor e de ódio, bestas, arrepios, idílios, credos políticos, negações, dúvidas, afirmações, impostos.

La sagrada ley del madrigal y los decretos del tacto, olfato, gusto, vista, oído, el deseo de justicia, el deseo sexual, el ruido del océano, sin excluir deliberadamente nada, sin aceptar deliberadamente nada, la entrada en la profundidad de las cosas en un acto de arrebatado amor, y el producto poesía manchado de palomas digitales, con huellas de dientes y hielo, roído tal vez levemente por el sudor y el uso. Hasta alcanzar esa dulce superficie del instrumento tocado sin descanso, esa suavidad durísima de la madera manejada, del orgulloso hierro. La flor, el trigo, el agua tienen también esa consistencia especial, ese recurso de un magnífico tacto.

Y no olvidemos nunca la melancolía, el gastado sentimentalismo, perfectos frutos impuros de maravillosa calidad olvidada, dejados atrás por el frenético libresco: la luz de la luna, el cisne en el anochecer, "corazón mío" son sin duda lo poético elemental e imprescindible. Quien huye del mal gusto cae en el hielo.[1]

[1] Publicado na revista *Caballo Verde para la Poesía*, nº 1, Madri, outubro de 1935.

A sagrada lei do madrigal e os decretos do tato, olfato, paladar, vista, ouvido, o desejo de justiça, o desejo sexual, o ruído do oceano, sem excluir deliberadamente nada, sem aceitar deliberadamente nada, a entrada na profundidade das coisas num ato de arrebatado amor, e o produto poesia manchado de pombas digitais, com marcas de dentes e gelo, roído talvez levemente pelo suor e pelo uso. Até alcançar essa doce superfície do instrumento tocado sem descanso, essa suavidade duríssima da madeira manejada pelo orgulhoso ferro. A flor, o trigo, a água têm também essa consistência especial, esse recurso de um magnífico tato.

E não nos esqueçamos nunca da melancolia, do gasto sentimentalismo, perfeitos frutos impuros de maravilhosa qualidade esquecida, deixados de lado pelo frenético livresco: a luz da lua, o cisne ao anoitecer, "vida minha" são sem dúvida o poético elementar e imprescindível. Quem foge do mau gosto cai no gelo.

TERCERA RESIDENCIA

(1935-1945)

I. LA AHOGADA DEL CIELO

VALS

Yo toco el odio como pecho diurno,
yo sin cesar, de ropa en ropa vengo
durmiendo lejos.

No soy, no sirvo, no conozco a nadie,
no tengo armas de mar ni de madera,
no vivo en esta casa.

De noche y agua está mi boca llena.
La duradera luna determina
lo que no tengo.

Lo que tengo está en medio de las olas.
Un rayo de agua, un día para mí:
un fondo férreo.

No hay contramar, no hay escudo, no hay traje,
no hay especial solución insondable,
ni párpado vicioso.

Vivo de pronto y otras veces sigo.
Toco de pronto un rostro y me asesina.
No tengo tiempo.

I. A AFOGADA DO CÉU

VALSA

Eu toco o ódio como peito diurno, eu sem cessar, de roupa em roupa venho dormindo longe.

Não sou, não sirvo, não conheço ninguém, não tenho armas de mar nem de madeira, não vivo nesta casa.

De noite e água está a minha boca cheia. A duradoura lua determina o que não tenho.

O que tenho está no meio das ondas. Um raio de água, um dia para mim: um fundo férreo.

Não há quebra-mar, não há escudo, não há traje; não há especial solução insondável, nem pálpebra viciosa.

Vivo logo e outras vezes continuo. Toco logo um rosto e me assassina. Não tenho tempo.

No me busquéis entonces descorriendo
el habitual hilo salvaje o la
sangrienta enredadera.

No me llaméis: mi ocupación es ésa.
No preguntéis mi nombre ni mi estado.
Dejadme en medio de mi propia luna,
en mi terreno herido.

Não me procureis então percorrendo outra vez o habitual fio selvagem ou a sangrenta trepadeira.

Não me chameis: a minha ocupação é essa. Não pergunteis o meu nome nem o meu estado. Deixai-me em meio à minha própria lua, no meu terreno ferido.

II. LAS FURIAS Y LAS PENAS

(En 1934 fué escrito este poema. Cuántas cosas han sobrevenido desde entonces! España, donde lo escribí, es una cintura de ruinas. Ay! si con sólo una gota de poesía o de amor pudiéramos aplacar la ira del mundo, pero eso sólo lo pueden la lucha y el corazón resuelto.

El mundo ha cambiado y mi poesía ha cambiado. Una gota de sangre caída en estas líneas quedará viviendo sobre éllas, indeleble como el amor.

Marzo de 1939.)

... Hay en mi corazón furias y penas...
Quevedo

En el fondo del pecho estamos juntos,
en el cañaveral del pecho recorremos
un verano de tigres,
el acecho de un metro de piel fría,
el acecho de un ramo de inaccesible cutis,
con la boca olfateando sudor y venas verdes
nos encontramos en la húmeda sombra que deja caer besos.

II. AS FÚRIAS E AS PENAS

(Em 1934 foi escrito este poema. Quantas coisas aconteceram desde então! A Espanha, onde o escrevi, é uma cintura de ruínas. Ai! se com só uma gota de poesia ou de amor pudéssemos aplacar a ira do mundo, mas isso só podem a luta e o coração resoluto.
O mundo mudou e a minha poesia mudou. Uma gota de sangue caída nestas linhas ficará vivendo sobre elas, indelével como o amor.

Março de 1939.)

... Há no meu coração fúrias e penas...
Quevedo

No fundo do peito estamos juntos, no canavial do peito percorremos um verão de tigres, à espreita de um metro de pele fria, à espreita de um ramo, inacessível cútis, com a boca farejando suor e veias verdes nos encontramos na úmida sombra que deixa cair beijos.

Tú, mi enemiga de tanto sueño roto de la misma manera
que erizadas plantas de vidrio, lo mismo que campanas
deshechas de manera amenazante, tanto como disparos
de hiedra negra en medio del perfume,
enemiga de grandes caderas que mi pelo han tocado
con un ronco rocío, con una lengua de agua,
no obstante el mudo frío de los dientes y el odio de los ojos,
y la batalla de agonizantes bestias que cuidan el olvido,
en algún sitio del verano estamos juntos
acechando con labios que la sed ha invadido.
Si hay alguien que traspasa
una pared con círculos de fósforo
y hiere el centro de unos dulces miembros
y muerde cada hoja de un bosque dando gritos,
tengo tambiém tus ojos de sangrienta luciérnaga
capaces de impregnar y atravesar rodillas
y gargantas rodeadas de seda general.

Cuando en las reuniones
el azar, la ceniza, las bebidas,
el aire interrumpido,
pero ahí están tus ojos oliendo a cacería,
a rayo verde que agujerea pechos,
tus dientes que abren manzanas de las que cae sangre,
tus piernas que se adhieren al sol dando gemidos,
y tus tetas de nácar y tus pies de amapola,
como embudos llenos de dientes que buscan sombra,
como rosas hechas de látigo y perfume, y aún,
aún más, aún más
aún detrás de los párpados, aún detrás del cielo,
aún detrás de los trajes y los viajes, en las calles donde la

Tu, minha inimiga de tanto sonho quebrado da mesma maneira que arrepiadas plantas de vidro, o mesmo que sinos desfeitos de maneira ameaçadora, tanto como disparos de hera negra no meio do perfume, inimiga de grandes quadris que o meu cabelo tocaram com um rouco orvalho, com uma língua de água, não obstante o mudo frio dos dentes e o ódio dos olhos, e a batalha de agonizantes bestas que cuidam do esquecimento, em algum lugar do verão estamos juntos espreitando com lábios que a sede invadiu. Se há alguém que atravessa uma parede com círculos de fósforo e fere o centro de uns doces membros e morde cada folha de um bosque dando gritos, tenho também os teus olhos de sangrento vaga-lume capazes de impregnar e transpassar joelhos e gargantas rodeadas de seda geral.

Quando nas reuniões o acaso, a cinza, as bebidas, o vento interrompido, mas aí estão os teus olhos cheirando a caça, a raio verde que fura peitos, os teus dentes que abrem maçãs das que cai sangue, as tuas pernas que se aderem ao sol dando gemidos, e as tuas tetas de nácar e os teus pés de papoula, como funis cheios de dentes que procuram sombra, como rosas feitas de chicote e perfume, e ainda, ainda mais, ainda mais ainda detrás das pálpebras, ainda detrás do céu, ainda detrás dos trajes e das viagens, nas ruas

gente orina,
adivinas los cuerpos,
en las agrias iglesias a medio destruir, en las cabinas que
el mar lleva en las manos,
acechas con tus labios sin embargo floridos,
rompes a cuchilladas la madera y la plata,
crecen tus grandes venas que asustan:
no hay cáscara, no hay distancia ni hierro,
tocan manos tus manos,
y caes haciendo crepitar las flores negras.

Adivinas los cuerpos!
Como un insecto herido de mandatos,
adivinas el centro de la sangre y vigilas
los músculos que postergan la aurora, asaltas sacudidas,
relámpagos, cabezas,
y tocas largamente las piernas que te guían.

Oh conducida herida de flechas especiales!

Hueles lo húmedo en medio de la noche?

O un brusco vaso de rosales quemados?

Oyes caer la ropa, las llaves, las monedas
en las espesas casas donde llegas desnuda?

onde as pessoas urinam, adivinhas os corpos, nas acres igrejas meio destruídas, nas barracas que o mar leva nas mãos, espreitas com os teus lábios entretanto floridos, quebras a facadas a madeira e a prata, crescem as tuas grandes veias que assustam: não há casca, não há distância nem ferro, tocam mãos as tuas mãos, e cais fazendo crepitar as flores negras.

Adivinhas os corpos! Como um inseto ferido de mandatos, adivinhas o centro do sangue e vigias os músculos que adiam a aurora, assaltas sacudidas, relâmpagos, cabeças, e tocas longamente as pernas que te guiam.

Ó conduzida ferida de flechas especiais!

Cheiras o úmido no meio da noite?

Ou um brusco jarro de roseiras queimadas?

Ouves cair a roupa, as chaves, as moedas nas espessas casas onde chegas nua?

Mi odio es una sola mano que te indica
el callado camino, las sábanas en que alguien ha dormido
con sobresalto: llegas
y ruedas por el suelo manejada y mordida,
y el viejo olor del semen como una enredadera
de cenicienta harina se desliza a tu boca.

Ay leves locas copas y pestañas,
aire que inunda un entreabierto río
como una sola paloma de colérico cauce,
como atributo de agua sublevada,
ay substancias, sabores, párpados de ala viva
con un temblor, con una ciega flor temible,
ay graves, serios pechos como rostros,
ay grandes muslos llenos de miel verde,
y talones y sombra de pies, y transcurridas
respiraciones y superficies de pálida piedra,
y duras olas que suben la piel hacia la muerte
llenas de celestiales harinas empapadas.
Entonces, este río
va entre nosotros, y por una ribera
vas tú mordiendo bocas?

Entonces es que estoy verdaderamente, verdaderamente [lejos
y un río de agua ardiendo pasa en lo oscuro?
Ay cuántas veces eres la que el odio no nombra,
y de qué modo hundido en las tinieblas,
y bajo qué lluvias de estiércol machacado
tu estatua en mi corazón devora el trébol.

O meu ódio é uma só mão que te indica o calado caminho, os lençóis em que alguém dormiu com sobressalto: chegas e rolas pelo chão manejada e mordida, e o velho cheiro de sêmen como uma trepadeira de cinzenta farinha desliza para a tua boca.

Ai leves loucas taças e pestanas, ar que inunda um entreaberto rio como uma pomba solitária de colérico leito, como atributo de água sublevada, ai substâncias, sabores, pálpebras de asa viva com um tremor, com uma cega flor temível, ai graves, sérios peitos como rostos, ai grandes coxas cheias de mel verde, e saltos e sombras de pés, e percorridas respirações e superfícies de pálida pedra, e duras ondas que sobem a pele até a morte cheias de celestiais farinhas ensopadas. Então, este rio vai entre nós, e por uma ribeira vais tu mordendo bocas?

Então é que estou verdadeiramente, verdadeiramente longe e um rio de água ardendo passa no escuro? Ai, quantas vezes és a que o ódio não cita, e de que modo fundido nas trevas, e sob que chuvas de esterco amassado a tua estátua no meu coração devora o trevo.

El odio es un martillo que golpea tu traje
y tu frente escarlata,
y los días del corazón caen en tus orejas
como vagos búhos de sangre eliminada,
y los collares que gota a gota se formaron con lágrimas
rodean tu garganta quemándote la voz como con hielo.

Es para que nunca, nunca
hables, es para que nunca, nunca
salga una golondrina del nido de la lengua
y para que las ortigas destruyan tu garganta
y un viento de buque áspero te habite.

En dónde te desvistes?
En un ferrocarril, junto a un peruano rojo
o con un segador, entre terrones, a la violenta luz del trigo?
O corres con ciertos abogados de mirada terrible
largamente desnuda, a la orilla del agua de la noche?

Miras: no ves la luna ni el jacinto
ni la oscuridad goteada de humedades,
ni el tren de cieno, ni el marfil partido:
ves cinturas delgadas como oxígeno,
pechos que aguardan acumulando peso
e idéntica al zafiro de lunar avaricia
palpitas desde el dulce ombligo hasta las rosas.

O ódio é um martelo que golpeia a tua roupa e a tua fronte escarlate, e os dias do coração caem nas tuas orelhas como vagos mochos de sangue eliminado, e os colares que gota a gota se formaram com lágrimas rodeiam a tua garganta te queimando a voz como com gelo.

É para que nunca, nunca fales, é para que nunca, nunca saia uma andorinha do ninho da língua e para que as urtigas destruam a tua garganta e um vento de brigue áspero te habite. Onde te despes? Numa linha de trem, junto de um peruano vermelho ou com um ceifeiro, entre torrões, à violenta luz do trigo? Ou corres com certos advogados de olhar terrível, longamente nua, às margens da água da noite?

Olhas: não vês a lua nem o jacinto nem a escuridão goteada de umidades, nem o trem de lodo, nem o marfim partido: vês cinturas delgadas como oxigênio, peitos que aguardam acumulando peso e idêntica à safira de lunar avareza palpitas do doce umbigo até as rosas.

Por qué sí? Por qué no? Los días descubiertos
aportan roja arena sin cesar destrozada
a las hélices puras que inauguran el día,
y pasa un mes con corteza de tortuga,
pasa un estéril día,
pasa un buey, un difunto,
una mujer llamada Rosalía,
y no queda en la boca sino un sabor de pelo
y de dorada lengua que con sed se alimenta.
Nada sino esa pulpa de los seres,
nada sino esa copa de raíces.

Yo persigo como en un túnel roto, en otro extremo
carne y besos que debo olvidar injustamente,
y en las aguas de espaldas cuando ya los espejos
avivan el abismo, cuando la fatiga, los sórdidos relojes
golpean a la puerta de hoteles suburbanos, y cae
la flor de papel pintado, y el terciopelo cagado por las ratas
y la cama
cien veces ocupada por miserables parejas, cuando
todo me dice que un día ha terminado, tú y yo
hemos estado juntos derribando cuerpos,
construyendo una casa que no dura ni muere,
tú y yo hemos corrido juntos un mismo río
con encadenadas bocas llenas de sal y sangre,
tú y yo hemos hecho temblar otra vez las luces verdes
y hemos solicitado de nuevo las grandes cenizas.

Por que sim? Por que não? Os dias descobertos trazem rubra areia sem cessar destroçada pelas hélices puras que inauguram o dia, e passa um mês com casco de tartaruga, passa um estéril dia, passa um boi, um defunto, uma mulher chamada Rosália, e não fica na boca senão um gosto de cabelo e de dourada língua que com sede se alimenta. Nada senão essa polpa dos seres, nada senão essa taça de raízes.

Eu persigo como num túnel arruinado, em outro extremo, carne e beijos que devo esquecer injustamente e nas águas de costas, quando já os espelhos avivam o abismo, quando a fadiga, os sórdidos relógios batem na porta de hotéis suburbanos, e cai a flor de papel pintado, e o veludo cagado por ratazanas e a cama cem vezes ocupada por miseráveis casais, quando tudo me diz que um dia terminou, tu e eu estivemos juntos derrubando corpos, construindo uma casa que não dura nem morre, tu e eu corremos juntos um mesmo rio com acorrentadas bocas cheias de sal e sangue, tu e eu fizemos tremer outra vez as luzes verdes e solicitamos de novo as grandes cinzas.

Recuerdo sólo un día
que tal vez nunca me fue destinado,
era un día incesante,
sin orígenes. Jueves.
Yo era un hombre transportado al acaso
con una mujer hallada vagamente,
nos desnudamos
como para morir o nadar o envejecer
y nos metimos uno dentro del otro,
ella rodeándome como un agujero,
yo quebrantándola como quien
golpea una campana,
pues ella era el sonido que me hería
y la cúpula dura decidida a temblar.

Era una sorda ciencia con cabello y cavernas
y machacando puntas de médula y dulzura
he rodado a las grandes coronas genitales
entre piedras y asuntos sometidos.

Éste es un cuento de puertos adonde
llegas uno, al azar, y sube a las colinas,
suceden tantas cosas.

Enemiga, enemiga,
es posible que el amor haya caído al polvo
y no haya sino carne y huesos velozmente adorados
mientras el fuego se consume
y los caballos vestidos de rojo galopan al infierno?

Recordo só um dia que talvez nunca me foi destinado, era um dia incessante, sem origens. Quinta-feira. Eu era um homem transportado ao acaso com uma mulher encontrada vagamente, nos despimos como para morrer ou nadar ou envelhecer e nos metemos um dentro do outro, ela me rodeando como um buraco, eu a quebrantando como quem toca um sino, pois ela era o som que me feria e a cúpula dura decidida a tremer.

Era uma surda ciência com cabelo e cavernas e amassando pontas de medula e doçura rolei pelas grandes coroas genitais entre pedras e assuntos submetidos. Esta é uma história de portos aonde alguém chega por acaso, e sobe às colinas, acontecem tantas coisas.

Inimiga, inimiga, é possível que o amor tenha caído no pó e não haja senão carne e ossos velozmente adorados enquanto o fogo se consome e os cavalos vestidos de vermelho galopam para o inferno?

Yo quiero para mí la avena y el relámpago
a fondo de epidermis,
y el devorante pétalo desarrollado en furia,
y el corazón labial del cerezo de Junio,
y el reposo de lentas barrigas que arden sin dirección,
pero me falta un suelo de cal con lágrimas
y una ventana donde esperar espumas.

Así es la vida,
corre tú entre las hojas, un otoño
negro ha llegado,
corre vestida con una falda de hojas y un cinturón de metal
amarillo,
mientras la neblina de la estación roe las piedras.

Corre con tus zapatos, con tus medias,
con el gris repartido, con el hueco del pie, y con esas manos
que el tabaco salvaje adoraría,
golpea escaleras, derriba
el papel negro que protege las puertas,
y entra en medio del sol y la ira de un día de puñales
a echarte como paloma de luto y nieve sobre un cuerpo.

Es una sola hora larga como una vena,
y entre el ácido y la paciencia del tiempo arrugado
transcurrimos,
apartando las sílabas del miedo y la ternura,
interminablemente exterminados.

Eu quero para mim a aveia e o relâmpago no fundo da epiderme, e a devorante pétala desenvolvida em fúria, e o coração labial da cerejeira de junho, e o repouso de lentas barrigas que ardem sem direção. Mas me falta um chão de cal com lágrimas e uma janela onde esperar espumas.

Assim é a vida, corre tu entre as folhas, um outono negro chegou, corre vestida com uma saia de folhas e um cinturão de metal amarelo, enquanto a neblina da estação rói as pedras.

Corre com os teus sapatos, com as tuas meias, com o vento repartido, com a curva do pé, e com essas mãos que o tabaco selvagem adoraria, esmurra escadas, arranca o papel negro que protege as portas, e entra no meio do sol e a ira de um dia de punhais te expulsando como pomba de luto e neve sobre um corpo.

É uma só hora longa como uma veia, e entre o ácido e a paciência do tempo enrugado transcorremos, separando as sílabas do medo e a ternura, interminavelmente exterminados.

III. REUNIÓN BAJO LAS NUEVAS BANDERAS

Quién ha mentido? El pie de la azucena
roto, insondable, oscurecido, todo
lleno de herida y resplandor oscuro!
Todo, la norma de ola en ola en ola,
el impreciso túmulo del ámbar
y las ásperas gotas de la espiga!
Fundé mi pecho en esto, escuché toda
la sal funesta: de noche
fui a plantar mis raíces:
averigüé lo amargo de la tierra:
todo fue para mí noche o relámpago:
cera secreta cupo en mi cabeza
y derramó cenizas en mis huellas.

Y para quién busqué este pulso frío
sino para una muerte?
Y qué instrumento perdí en las tinieblas
desamparadas, donde nadie me oye?
No,
                    ya era tiempo, huíd
sombras de sangre,
hielos de estrella, retroceded al paso de los pasos humanos
y alejad de mis pies la negra sombra!

III. REUNIÃO SOB AS NOVAS BANDEIRAS

Quem mentiu? O pé da açucena quebrado, insondável, escurecido, todo cheio de ferida e resplendor escuro! Tudo, a norma de onda em onda em onda, o impreciso túmulo do âmbar e as ásperas gotas da espiga! Fundei o meu peito nisto, escutei todo o sal funesto, de noite fui plantar as minhas raízes: averiguei o amargo da terra: tudo foi para mim noite ou relâmpago: cera secreta coube na minha cabeça e derramou cinzas nas minhas pegadas.

E para quem procurei este pulso frio senão para uma morte? E que instrumento perdi nas trevas desamparadas, onde ninguém me ouve? Não, já era tempo, fugi sombras de sangue, gelos de estrelas, retrocedei à passagem dos passos humanos e afastai dos meus pés a negra sombra!

Yo de los hombres tengo la misma mano herida,
yo sostengo la misma copa roja
e igual asombro enfurecido:
                                        un día
palpitante de sueños
humanos, un salvaje
cereal ha llegado
a mi devoradora noche
para que junte mis pasos de lobo
a los pasos del hombre.
                                        Y así, reunido,
duramente central, no busco asilo
en los huecos del llanto: muestro
la cepa de la abeja: pan radiante
para el hijo del hombre: en el misterio el azul se prepara
para mirar un trigo lejano de la sangre.

Dónde está tu sitio en la rosa?
En dónde está tu párpado de estrella?
Olvidaste esos dedos de sudor que enloquecen
por alcanzar la arena?
                                        Paz para ti, sol sombrío,
paz para ti, frente ciega,
hay un quemante sitio para ti en los caminos,
hay piedras sin misterio que te miran,
hay silencios de cárcel con una estrella loca,
desnuda, desbocada, contemplando el infierno.

Eu dos homens tenho a mesma mão ferida, eu sustenho a mesma taça rubra e igual assombro enfurecido: um dia palpitante de sonhos humanos, um selvagem cereal chegou à minha devoradora noite para que junte os meus passos de lobo aos passos do homem. E assim, reunido, duramente central, não procuro asilo nos ocos do pranto: mostro a cepa da abelha: pão radiante para o filho do homem: no mistério o azul se prepara para olhar um trigo longínquo do sangue.

Onde está o teu lugar de rosa? Onde está a tua pálpebra de estrela? Esqueceste esses dedos de suor que enlouquecem para alcançar a areia? Paz para ti, sol sombrio, paz para ti, testa cega, há um ardente lugar para ti nos caminhos, há pedras sem mistério que te olham, há silêncios de cárcere com uma estrela louca, nua, desbocada, contemplando o inferno.

Juntos, frente al sollozo!
                                        Es la hora
alta de tierra y de perfume, mirad este rostro
recién salido de la sal terrible,
mirad esta boca amarga que sonríe,
mirad este nuevo corazón que os saluda
con su flor desbordante, determinada y áurea.

Juntos diante do soluço! Na hora alta de terra e de perfume, olhai este rosto recém-saído do sal terrível, olhai esta boca amarga que sorri, olhai este novo coração que vos cumprimenta com a sua flor transbordante, determinada e áurea.

IV. ESPAÑA EN EL CORAZÓN

[EXPLICO ALGUNAS COSAS]

Preguntaréis: Y dónde están las lilas?
Y la metafísica cubierta de amapolas?
Y la lluvia que a menudo golpeaba
sus palabras llenándolas
de agujeros y pájaros?

Os voy a contar todo lo que me pasa.

Yo vivía en un barrio
de Madrid, con campanas,
con relojes, con árboles.

Desde allí se veía
el rostro seco de Castilla
como un océano de cuero.
Mi casa era llamada
la casa de las flores, porque por todas partes
estallaban geranios: era
una bella casa
con perros y chiquillos.
Raúl, te acuerdas?
Te acuerdas, Rafael?

IV. ESPANHA NO CORAÇÃO

[EXPLICO ALGUMAS COISAS]

Perguntareis: e onde estão os lilases? E a metafísica coberta de papoulas? E a chuva que frequentemente batia nas suas palavras enchendo-as de buracos e pássaros?

Vou contar-vos tudo o que se passa comigo.

Eu vivia num bairro de Madri, com sinos, com relógios, com árvores.

Dali se via o rosto seco de Castela como um oceano de couro. A minha casa era chamada a casa das flores porque por todas as partes estalavam gerânios: era uma bela casa com cães e crianças. Raul, te lembras? Lembras-te, Rafael?

Federico, te acuerdas
debajo de la tierra,
te acuerdas de mi casa con balcones en donde
la luz de junio ahogaba flores en tu boca?
Hermano, hermano!
Todo
eran grandes voces, sal de mercaderías,
aglomeraciones de pan palpitante,
mercados de mi barrio de Argüelles con sua estatua
como un tintero pálido entre las merluzas:
el aceite llegaba a las cucharas,
un profundo latido
de pies y manos llenaba las calles,
metros, litros, esencia
aguda de la vida,
pescados hacinados,
contextura de techos con sol frío en el cual
la flecha se fatiga,
delirante marfil fino de las patatas,
tomates repetidos hasta el mar.

Y una mañana todo estaba ardiendo
y una mañana las hogueras
salían de la tierra
devorando seres,
y desde entonces fuego,
pólvora desde entonces
y desde entonces sangre.
Bandidos con aviones y con moros,
bandidos con sortijas y duquesas,
bandidos con frailes negros bendiciendo
venían por el cielo a matar niños,
y por las calles la sangre de los niños
corría simplemente, como sangre de niños.

Federico, te lembras debaixo da terra, te lembras da minha casa com sacadas onde a luz de junho afogava flores na tua boca? Irmão, irmão! Tudo eram grandes vozes, sal de mercadorias, aglomerações de pão palpitante, mercados do meu bairro de Argüelles com a sua estátua como um tinteiro pálido entre as bebedeiras: o azeite enchia as colheres, um profundo bater de pés e mãos enchia as ruas, metros, litros, essência aguda da vida, peixes empilhados, contextura de tetos com sol frio no qual a flecha se cansa, delirante marfim fino das batatas, tomates repetidos até o mar.

E uma manhã tudo estava ardendo e uma manhã as fogueiras saíam da terra devorando seres, e desde então fogo, pólvora desde então, e desde então sangue. Bandidos com aviões e com mouros, bandidos com anéis e duquesas, bandidos com frades negros abençoando vinham pelo céu para matar crianças, e pelas ruas o sangue das crianças corria simplesmente, como sangue de crianças.

Chacales que el chacal rechazaría,
piedras que el cardo seco morderia escupiendo,
víboras que las víboras odiarían!

Frente a vosotros he visto la sangre
de España levantarse
para ahogaros en una sola ola
de orgullo y de cuchillos!

Generales
traidores:
mirad mi casa muerta,
mirad España rota:
pero de cada casa muerta sale metal ardiendo
en vez de flores,
pero de cada hueco de España
sale España,
pero de cada niño muerto sale un fusil con ojos,
pero de cada crimen nacen balas
que os hallarán un día el sitio
del corazón.

Preguntaréis por qué su poesía
no nos habla del sueño, de las hojas,
de los grandes volcanes de su país natal?

Venid a ver la sangre por las calles,
venid a ver
la sangre por las calles,
venid a ver la sangre
por las calles!

Chacais que o chacal rechaçaria, pedras que o cardo seco morderia cuspindo, víboras que as víboras odiariam.

Diante de vós vi o sangue de Espanha se erguer para vos afogar numa só onda de orgulho e de punhais!

Generais traidores: olhai a minha casa morta, olhai a Espanha arrebentada: mas de cada casa morta sai metal ardendo em vez de flores, mas de cada buraco da Espanha sai Espanha, mas de cada criança morta sai um fuzil com olhos, mas de cada crime nascem balas que vos encontrarão um dia o lugar do coração.

Perguntareis por que a sua poesia não nos fala do sonho, das folhas, dos grandes vulcões do seu país natal?

Vinde ver o sangue pelas ruas, vinde ver o sangue pelas ruas, vinde ver o sangue pelas ruas!

[ALMERÍA]

Un plato para el obispo, un plato triturado y amargo,
un plato con restos de hierro, con cenizas, con lágrimas,
un plato sumergido, con sollozos y paredes caídas,
un plato para el obispo, un plato de sangre de Almería.

Un plato para el banquero, un plato con mejillas
de niños del Sur feliz, un plato
con detonaciones, con aguas locas y ruinas y espanto,
un plato con ejes partidos y cabezas pisadas,
un plato negro, un plato de sangre de Almería.

Cada mañana, cada mañana turbia de vuestra vida
lo tendréis humeante y ardiente en vuestra mesa:
lo apartaréis un poco con vuestras suaves manos
para no verlo, para no digerirlo tantas veces:
lo apartaréis un poco entre el pan y las uvas,
a este plato de sangre silenciosa
que estará allí cada mañana, cada
mañana.

[ALMERIA]

Um prato para o bispo, um prato triturado e amargo, um prato com restos de ferro, com cinzas, com lágrimas, um prato submerso, com soluços e paredes caídas, um prato para o bispo, um prato de sangue de Almeria.

Um prato para o banqueiro, um prato com faces de crianças do Sul feliz, um prato com detonações, com águas loucas e ruínas e espanto, um prato com eixos partidos e cabeças pisadas, um prato negro, um prato de sangue de Almeria.

Cada manhã, cada manhã turva da vossa vida tê-lo-eis fumegante e ardente na vossa mesa: afastá-lo-eis um pouco com as vossas suaves mãos para não vê-lo, para não digeri-lo tantas vezes: afastá-lo-eis um pouco entre o pão e as uvas, este prato de sangue silencioso que estará ali cada manhã, cada manhã.

Un plato para el Coronel y la esposa del Coronel,
en una fiesta de la guarnición, en cada fiesta,
sobre los juramentos y los escupos, con la luz de vino de
la madrugada
para que lo veáis temblando y frío sobre el mundo.
Sí, un plato para todos vosotros, ricos de aquí y de allá,
embajadores, ministros, comensales atroces,
señoras de confortable té y asiento:
un plato destrozado, desbordado, sucio de sangre pobre,
para cada mañana, para cada semana, para siempre jamás,
un plato de sangre de Almería, ante vosotros, siempre.

Um prato para o Coronel e a esposa do Coronel, numa festa da guarnição, em cada festa, sobre os juramentos e as cuspidas, com a luz de vinho da madrugada para que o vejais tremendo e frio sobre o mundo. Sim, um prato para todos vós, ricos daqui e de lá, embaixadores, ministros, comensais atrozes, senhoras de confortável chá e assento: um prato lascado, transbordado, sujo de sangue pobre, para cada manhã, para cada semana, para sempre e sempre, um prato de sangue de Almeria, diante de vós, sempre.

CANTO GENERAL

(1950)

I. LA LÁMPARA EN LA TIERRA

AMOR AMÉRICA (1400)

Antes de la peluca y la casaca
fueron los ríos, ríos arteriales:
fueron las cordilleras, en cuya onda raída
el cóndor o la nieve parecían inmóviles:
fue la humedad y la espesura, el trueno
sin nombre todavía, las pampas planetárias.

El hombre tierra fue, vasija, párpado
del barro trémulo, forma de la arcillia,
fue cántaro caribe, piedra chibcha,
copa imperial o sílice araucana.
Tierno y sangriento fue, pero en la empuñadura
de su arma de cristal humedecida,
las iniciales de la tierra estaban
escritas.
Nadie pudo
recordarlas después: el viento
las olvidó, el idioma del agua
fue enterrado, las claves se perdieron
o se inundaron de silencio o sangre.

I. A LÂMPADA NA TERRA

AMOR AMÉRICA (1400)

Antes do chinó e do fraque foram os rios, rios arteriais: foram as cordilheiras, em cuja vaga puída o condor ou a neve pareciam imóveis: foi a umidade e a mata espessa, o trovão sem nome ainda, os pampas planetários.

O homem terra foi, vasilha, pálpebra do barro trêmulo, forma da argila, foi cântaro caraíba, pedra chibcha, taça imperial ou sílica araucana. Terno e sangrento foi, mas no punho da sua arma de cristal umedecido, as iniciais da terra estavam escritas. Ninguém pôde recordá-las depois: o vento as esqueceu, o idioma da água foi enterrado, as chaves se perderam ou se inundaram de silêncio ou sangue.

No se perdió la vida, hermanos pastorales.
Pero como una rosa salvaje
cayó una gota roja en la espesura
y se apagó una lámpara de tierra.

Yo estoy aquí para contar la historia.
Desde la paz del búfalo
hasta las azotadas arenas
de la tierra final, en las espumas
acumuladas de la luz antártica,
y por las madrigueras despeñadas
de la sombría paz venezolana,
te busqué, padre mío,
joven guerrero de tiniebla y cobre,
oh tú, planta nupcial, cabellera indomable,
madre caimán, metálica paloma.

Yo, incásico del légamo,
toqué la piedra y dije:
Quién
me espera? Y apreté la mano
sobre un puñado de cristal vacío.
Pero anduve entre flores zapotecas
y dulce era la luz como un venado,
y era la sombra como un párpado verde.

Tierra mía sin nombre, sin América,
estambre equinoccial, lanza de púrpura,
tu aroma me trepó por las raíces
hasta la copa que bebía, hasta la más delgada
palabra aún no nacida de mi boca.

Não se perdeu a vida, irmãos pastorais. Mas como uma rosa selvagem caiu uma gota rubra na floresta, e se apagou uma lâmpada de terra.

Eu estou aqui para contar a história. Desde a paz do búfalo até as chicotadas areias da terra final, nas espumas acumuladas da luz antártica, e pelas lapas despenhadas da sombria paz venezuelana, te procurei, meu pai, jovem guerreiro de treva e cobre, ou tu, planta nupcial, cabeleira indomável, mãe jacaré, metálica pomba.

Eu, incaico do lodo, toquei a pedra e disse: Quem me espera? E apertei a mão sobre um punhado de cristal vazio. Mas andei entre flores zapotecas e doce era a luz como um veado, e era a sombra como uma pálpebra verde.

Terra minha sem nome, sem América, estame equinocial, lança de púrpura, o teu aroma me subiu pelas raízes até a taça que bebia, até a mais delgada palavra ainda não nascida da minha boca.

II. ALGUNAS BESTIAS

Era el crepúsculo de la iguana.

Desde la arcoirisada crestería
su lengua como un dardo
se hundía en la verdura,
el hormiguero monacal pisaba
con melodioso pie la selva,
el guanaco fino como el oxígeno
en las anchas alturas pardas
iba calzando botas de oro,
mientras la llama abría cándidos
ojos en la delicadeza
del mundo lleno de rocío.
Los monos trenzaban un hilo
interminablemente erótico
en las riberas de la aurora,
derribando muros de polen
y espantando el vuelo violeta
de las mariposas de Muzo.
Era la noche de los caimanes,
la noche pura y pululante
de hocicos saliendo del légamo,
y de las ciénagas soñolientas
un ruido opaco de armaduras
volvía al origen terrestre.

II. ALGUMAS BESTAS

Era o crepúsculo do iguano.

Da irisada rosácea a sua língua como um dardo se afundava na verdura, o formigueiro monacal pisava com melodioso pé a selva, o guanaco fino como o oxigênio nas largas alturas pardas ia calçando botas de ouro, enquanto a lhama abria cândidos olhos na delicadeza do mundo cheio de orvalho. Os macacos trançavam um fio interminavelmente erótico nas ribeiras da aurora, derrubando muros de pólen e espantando o voo violeta das borboletas de Muzo. Era a noite dos jacarés, a noite pura e pululante de focinhos saindo do lodo, e dos lameiros sonolentos um barulho opaco de armaduras voltava à origem terrestre.

El jaguar tocaba las hojas
con su ausencia fosforescente,
el puma corre en el ramaje
como el fuego devorador
mientras arden en él los ojos
alcohólicos de la selva.
Los tejones rascan los pies
del río, husmean el nido
cuya delicia palpitante
atacarán con dientes rojos.

Y en el fondo del agua magna,
como el círculo de la tierra,
está la gigante anaconda
cubierta de barros rituales,
devoradora y religiosa.

A onça tocava as folhas com a sua ausência fosforescente, a suçuarana corre nas ramagens como o fogo devorador enquanto ardem nela os olhos alcoólicos da selva. Os texugos coçam os pés do rio, farejam o ninho cuja delícia palpitante atacarão com dentes rubros.

E no fundo da água magna, como o círculo da terra, está a sucuri gigante coberta de barros rituais, devoradora e religiosa.

II. ALTURAS DE MACCHU PICCHU

II

Si la flor a la flor entrega el alto germen
y la roca mantiene su flor diseminada
en su golpeado traje de diamante y arena,
el hombre arruga el pétalo de la luz que recoge
en los determinados manantiales marinos
y taladra el metal palpitante en sus manos.
Y pronto, entre la ropa y el humo, sobre la mesa hundida,
como una barajada cantidad, queda el alma:
cuarzo y desvelo, lágrimas en el océano
como estanques de frío: pero aún
mátala y agonízala con papel y con odio,
sumérgela en la alfombra cotidiana, desgárrala
entre las vestiduras hostiles del alambre.

No: por los corredores, aire, mar o caminos,
quién guarda su puñal (como las encarnadas
amapolas, su sangre)? La cólera ha extenuado
la triste mercancía del vendedor de seres,
y, mientras en la altura del ciruelo, el rocío
desde mil años deja sua carta transparente
sobre la misma rama que lo espera, oh corazón, oh frente
triturada
entre las cavidades del otoño.

II. ALTURAS DE MACCHU PICCHU

II

Se a flor à flor entrega o alto gérmen e a rocha mantém a sua flor disseminada no seu batido traje de diamante e areia, o homem amassa a pétala da luz que recolhe nos determinados mananciais marinhos e verruma o metal palpitante em suas mãos. E logo, entre a roupa e a fumaça, sobre a mesa fundida, como uma embaralhada quantidade, fica a alma: quartzo e desvelo, lágrimas no oceano como lagos de frio: mas ainda mata-a e agoniza-a com papel e com ódio, submerge-a no tapete cotidiano, dilacera-a entre as vestiduras hostis do arame.

Não: pelos corredores, ar, mar ou caminhos, quem guarda sem punhal (como as encarnadas papoulas o seu sangue)? A cólera extenuou a triste mercadoria do vendedor de seres, e, enquanto na altura da ameixeira, o orvalho desde há mil anos deixa a sua carta transparente sobre o mesmo ramo que o espera, ó coração, ó rosto triturado entre as cavidades do outono.

Cuántas veces en las calles de invierno de una ciudad o en
un autobús o un barco en el crepúsculo, o en la soledad
más espesa, la de la noche de fiesta, bajo el sonido
de sombras y campanas, en la misma gruta del placer
[humano,
me quise detener a buscar la eterna veta insondable
que antes toqué en la piedra o en el relámpago que el beso
desprendía.

(Lo que en el cereal como una historia amarilla
de pequeños pechos preñados va repitiendo un número
que sin cesar es ternura en las capas germinales,
y que, idéntica siempre, se desgrana en marfil
y lo que en el agua es patria transparente, campana
desde la nieve aislada hasta las olas sangrientas.)

No pude asir sino un racimo de rostros o de máscaras
precipitadas, como anillos de oro vacío,
como ropas dispersas hijas de un otoño rabioso
que hiciera temblar el miserable árbol de las razas asustadas.

No tuve sitio donde descansar la mano
y que, corriente como agua de manantial encadenado,
o firme como grumo de antracita o cristal,
hubiera devuelto el calor o el frío de mi mano extendida.
Qué era el hombre? En qué parte de su conversación abierta
entre los almacenes y los silbidos, en cuál de sus
[movimientos
metálicos
vivía lo indestructible, lo imperecedero, la vida?

Quantas vezes nas ruas de inverno de uma cidade ou em um ônibus ou um navio no crepúsculo, ou na solidão mais espessa, a da noite, de festa, sob o som de sombras e sinos, na própria gruta do prazer humano, quis me deter procurando o eterno veio insondável que antes toquei na pedra ou no relâmpago que o beijo desprendia.

(O que no cereal como uma história amarela de pequenos peitos grávidos vai repetindo um número que sem cessar é ternura nas capas germinais, e que, idêntica sempre, se debulha em marfim e o que na água é pátria transparente, sino desde a neve isolada até as ondas sangrentas.)

Não pude juntar senão um cacho de rostos ou de máscaras precipitadas, como anéis de ouro falso, como roupas dispersas filhas de um outono enraivecido que fizesse tremer a miserável árvore das raças assustadas.

Não tive lugar onde descansar a mão e que, corrente como água de manancial em cadeia, ou firme como lasca de antracite ou cristal, tivesse devolvido o calor ou o frio da minha mão estendida. O que era o homem? Em que parte da sua conversa aberta entre os armazéns e os assovios, em qual dos seus movimentos metálicos vivia o indestrutível, o imperecível, a vida?

IV

La poderosa muerte me invitó muchas veces:
era como la sal Invisible en las olas,
y lo que su invisible sabor diseminaba
era como mitades de hundimientos y altura
o vastas construcciones de viento y ventisquero.

Yo al férreo filo vine, a la angostura
del aire, a la mortaja de agricultura y piedra,
al estelar vacío de los pasos finales
y la vertiginosa carretera espiral:
pero, ancho mar, oh muerte!, de ola em ola no vienes,
sino como em galope de claridad nocturna
o como los totales números de la noche.

Nunca llegaste a hurgar em el bolsillo, no era
posible tu visita sin vestimenta roja:
sin auroral alfombra de cercado silencio:
sin altos y enterrados patrimonios de lágrimas.

IV

A poderosa morte me convidou muitas vezes: era como o sal invisível nas ondas, e o que o seu invisível sabor disseminava era como metades de submersões e altura ou vastas construções de vento e nevasca.

Eu ao férreo gume vim, à estreiteza do ar, à mortalha de agricultura e pedra, ao estelar vácuo das passagens finais e à vertiginosa estrada espiral: mas, largo mar, ó morte!, de onda em onda não vens, senão como um galope de claridade noturna ou como os totais números da noite.

Nunca chegaste a escarafunchar os bolsos, não era possível a tua visita sem traje vermelho: sem auroral alfombra de cercado silêncio: sem altos ou enterrados patrimônios de lágrimas.

No pude amar em cada ser em árbol
em su pequeño otoño a cuestas (la muerte de mil hojas),
todas las falsas muertes y las resurrecciones
sin tierra, sin abismo:
quise nadar em las más anchas vidas,
em las más sueltas desembocaduras,
y cuando poco a poco el hombre fue negándome
y fue cerrando paso y puerta para que no tocaran
mis manos manantiales su inexistencia herida,
entonces fui por calle y calle y río y río,
y ciudad y ciudad y cama y cama,
y atravesó el desierto mi máscara salobre,
y em las últimas casas humilladas, sin lámpara, sin fuego,
sin pan, sin piedra, sin silencio, solo,
rode muriendo de mi propia muerte.

Não pude amar em cada ser uma árvore com o seu pequeno outono nas costas (a morte de mil folhas), todas as falsas mortes e as ressurreições sem terra, sem abismo: quis nadar nas mais largas vidas, nas mais soltas desembocaduras, e quando pouco a pouco o homem me foi negando e foi fechando passagem e porta para que não tocassem as minhas mãos mananciais a sua inexistência ferida, então fui de rua em rua e rio em rio, e cidade em cidade e cama em cama, e atravessou o deserto a minha máscara salobre, e nas últimas casas humilhadas, sem luz, sem fogo, sem pão, sem pedra, sem silêncio, sozinho, rolei morrendo da minha própria morte.

VI

Entonces en la escala de la tierra he subido
entre la atroz maraña de las selvas perdidas
hasta ti, Macchu Picchu.
Alta ciudad de piedras escalares,
por fin morada del que lo terrestre
no escondió en las dormidas vestiduras.
En ti, como dos líneas paralelas,
la cuna del relámpago y del hombre
se mecían en un viento de espinas.

Madre de piedra, espuma de los cóndores.

Alto arrecife de la aurora humana.

Pala perdida en la primera arena.

Ésta fue la morada, éste es el sitio:
aquí los anchos granos del maíz ascendieron
y bajaron de nuevo como granizo rojo.

Aquí la hebra dorada salió de la vicuña
a vestir los amores, los túmulos, las madres,
el rey, las oraciones, los guerreros.

VI

Então na escada da terra subi entre o terrível emaranhado das selvas perdidas até ti, Macchu Picchu. Alta cidade de pedras em escadas, por fim morada do que o terrestre não escondeu nas adormecidas vestimentas. Em ti, como duas linhas paralelas, o berço do relâmpago e do homem se embalavam num vento de espinhos.

Mãe de pedra, espuma dos condores.

Alto arrecife da aurora humana.

Pá perdida na primeira areia.

Esta foi a morada, este é o lugar: aqui os largos grãos do milho subiram e desceram de novo como granizo vermelho.

Aqui a fibra dourada saiu da vicunha para vestir os amores, os túmulos, as mães, o rei, as orações, os guerreiros.

Aquí los pies del hombre descansaron de noche
junto a los pies del águila, en las altas guaridas
carniceras, y en la aurora
pisaron con los pies del trueno la niebla enrarecida,
y tocaron las tierras y las piedras
hasta reconocerlas en la noche o la muerte.

Miro las vestiduras y las manos,
el vestigio del agua en la oquedad sonora,
la pared suavizada por el tacto de un rostro
que miró con mis ojos las lámparas terrestres,
que aceitó con mis manos las desaparecidas
maderas: porque todo, ropaje, piel, vasijas,
palabras, vino, panes,
se fue, cayó a la tierra.

Y el aire entró con dedos
de azahar sobre todos los dormidos:
mil años de aire, meses, semanas de aire,
de viento azul, de cordillera férrea,
que fueron como suaves huracanes de pasos
lustrando el solitario recinto de la piedra.

Aqui os pés do homem descansaram de noite junto aos pés da águia, nas altas guaridas carniceiras, e na aurora pisaram com os pés do trovão a névoa rarefeita, e tocaram as terras e as pedras até reconhecê-las na noite ou na morte.

Olho as vestimentas e as mãos, o vestígio da água na cavidade sonora, a parede suavizada pelo tato de um rosto que olhou com os meus olhos as lâmpadas terrestres, que aceitou com as minhas mãos as desaparecidas madeiras: porque tudo, roupagem, pele, vasilhas, palavras, vinho, pães, se foi, caiu por terra.

E o ar entrou com dedos de flor de laranjeira sobre todos os adormecidos: mil anos de ar, meses, semanas de ar, de vento azul, de cordilheira férrea, que foram como suaves furacões de passos lustrando o solitário recinto da pedra.

III. LOS CONQUISTADORES

XV. LA LÍNEA COLORADA

Más tarde levantó la fatigada
mano el monarca, y más arriba
de las frentes de los bandidos,
tocó los muros.
Allí trazaron
la línea colorada.
Tres cámaras
había que llenar de oro y de plata,
hasta esa línea de su sangre.
Rodó la rueda de oro, noche y noche.
La rueda del martirio día y noche.

Arañaron la tierra, descolgaron
alhajas hechas con amor y espuma,
arrancaron la ajorca de la novia,
desampararon a sus dioses.
El labrador entregó su medalla,
el pescador su bota de oro,
y las rejas temblaron respondiendo
mientras mensaje y voz por las alturas
iba la rueda del oro rodando.
Entonces tigre y tigre se reunieron
y repartieron la sangre y las lágrimas.

III. OS CONQUISTADORES

XV. A LINHA VERMELHA

Mais tarde levantou a fatigada mão o monarca, e mais acima dos rostos dos bandidos, tocou os muros. Ali traçaram a linha vermelha. Três câmaras havia que encher de ouro e de prata, até essa linha do seu sangue. Rodou a roda de ouro, noite e noite. A roda do martírio dia e noite.

Arranharam a terra, despenduraram joias feitas com amor e espuma, arrancaram o bracelete da noiva, desampararam aos seus deuses. O lavrador entregou a sua medalha, o pescador a sua gota de ouro, e as grades tremeram respondendo enquanto mensagem e voz pelas alturas ia a roda do ouro rodando. Então tigre e tigre se reuniram e repartiram o sangue e as lágrimas.

Atahualpa esperaba levemente
triste en el escarpado día andino.
No se abrieron las puertas. Hasta la última
joya los buitres dividieron:
las turquesas rituales, salpicadas
por la carnicería, el vestido
laminado de plata: las uñas bandoleras
iban midiendo y la carcajada
del fraile entre los verdugos
escuchaba el Rey con tristeza.

Era su corazón un vaso lleno
de una congoja amarga como
la esencia amarga de la quina.

Pensó en sus límites, en el alto Cuzco,
en las princesas, en su edad,
en el escalofrío de su reino.
Maduro estaba por dentro, su paz
desesperada era tristeza. Pensó en Huáscar.
Vendrían de él los extranjeros?
Todo era enigma, todo era cuchillo,
todo era soledad, sólo la línea roja
viviente palpitaba,
tragando las entrañas amarillas
del reino enmudecido que moría.

Atahualpa esperava levemente triste no escarpado dia andino. Não se abriram as portas. Até a última joia os abutres dividiram: as turquesas rituais salpicadas pela carnificina, a veste laminada de prata: as unhas bandoleiras iam medindo e a gargalhada do frade entre os verdugos escutava o Rei com tristeza.

Era o seu coração um copo cheio de uma dor amarga como a essência amarga da quina.

Pensou nas suas fronteiras, no alto Cuzco, nas princesas, na sua idade, no calafrio do seu reino. Maduro estava por dentro, sua paz desesperada era tristeza. Pensou em Huáscar. Viriam dele os estrangeiros? Tudo era enigma, tudo era faca, tudo era solidão, só a linha vermelha vivente palpitava, engolindo as entranhas amarelas do reino emudecido que morria.

Entró Valverde con la Muerte entonces.
"Te llamarás Juan", le dijo
mientras preparaba la hoguera.
Gravemente respondió: "Juan,
Juan me llamo para morir",
sin comprender ya ni la muerte.
Le ataron el cuello y un garfio

entró en el alma del Perú.

Entrou Valverde com a Morte então. “Te chamarás João”, lhe disse enquanto preparava a fogueira. Gravemente respondeu: “João, João me chamo para morrer”, sem compreender já nem a morte. Amarraram-lhe o pescoço e um gancho entrou na alma do Peru.

XXII. ERCILLA

Piedras de Arauco y desatadas rosas
fluviales, territorios de raíces,
se encuentran con el hombre que ha llegado de España.
Invaden su armadura con gigantesco liquen.
Atropellan su espada las sombras del helecho.
La yedra original pone manos azules
en el recién llegado silencio del planeta.
Hombre, Ercilla sonoro, oigo el pulso del agua
de tu primer amanecer, un frenesí de pájaros
y un trueno en el follaje.
Deja, deja tu huella
de águila rubia, destroza
tu mejilla contra el maíz salvaje,
todo será en la tierra devorado.
Sonoro, sólo tú no beberás la copa
de sangre, sonoro, sólo al rápido
fulgor de ti nacido
llegará la secreta boca del tiempo en vano
para decirte: en vano.
En vano, en vano
sangre por los ramajes de cristal salpicado,
en vano por las noches del puma
el desafiante paso del soldado,
las órdenes,
los pasos
del herido.
Todo vuelve al silencio coronado de plumas
en donde un rey remoto devora enredaderas.

XXII. ERCILLA

Pedras de Arauco e desatadas rosas fluviais, territórios de raízes, se encontram com o homem que chegou da Espanha. Invadem a sua armadura com gigantesco líquen. Impedem a sua espada as sombras da samambaia. A hera original põe mãos azuis no recém-chegado silêncio do planeta. Homem, Ercilla sonoro, ouço o pulso da água do teu primeiro amanhecer, um frenesi de pássaros e um trovão na folhagem. Deixa, deixa a tua marca de águia loura, destroça a tua face contra o milho selvagem, tudo será na terra devorado. Sonoro, só tu não beberás a taça de sangue, sonoro, só ao rápido fulgor de ti nascido chegará a secreta boca do tempo em vão para te dizer: em vão. Em vão, em vão sangue pelas ramagens de cristal salpicado, em vão pelas noites do puma o desafiante passo do soldado, as ordens, os passos de ferido. Tudo volta ao silêncio coroado de plumas onde um rei remoto devora trepadeiras.

IV. LOS LIBERTADORES

IX. EDUCACIÓN DEL CACIQUE

Lautaro era una flecha delgada.
Elástico y azul fue nuestro padre.
Fue su primera edad sólo silencio.
Su adolescencia fue dominio.
Su juventud fue un viento dirigido.
Se preparó como una larga lanza.
Acostumbró los pies en las cascadas.
Educó la cabeza en las espinas.
Ejecutó las pruebas del guanaco.
Vivió en las madrigueras de la nieve.
Acechó la comida de las águilas.
Arañó los secretos del peñasco.
Entretuvo los pétalos del fuego.
Se amamantó de primavera fría.
Se quemó en las gargantas infernales.
Fue cazador entre las aves crueles.
Se tiñeron sus mantos de victorias.
Leyó las agresiones de la noche.
Sostuvo los derrumbes del azufre.

Se hizo velocidad, luz repentina.

IV. OS LIBERTADORES

IX. EDUCAÇÃO DO CACIQUE

Lautaro era uma flecha delgada. Elástico e azul foi o nosso pai. Foi a sua primeira idade só silêncio. Sua adolescência foi domínio. Sua juventude foi um vento dirigido. Preparou-se como uma longa lança. Acostumou os pés nas cascatas. Educou a cabeça nos espinhos. Executou as provas do guanaco. Viveu nas covas da neve. Espreitou o almoço das águias. Arranhou os segredos do penhasco. Entreteve as pétalas do fogo. Amamentou-se de primavera fria. Queimou-se nas gargantas infernais. Foi caçador entre as aves cruéis. Suas mãos tingiram-se de vitórias. Leu as agressões da noite. Susteve os desmoronamentos do enxofre.

Fez-se velocidade, luz repentina.

Tomó las lentitudes del Otoño.
Trabajó en las guaridas invisibles.
Durmió en las sábanas del ventisquero.
Igualó la conducta de las flechas.
Bebió la sangre agreste en los caminos.
Arrebató el tesoro de las olas.
Se hizo amenaza como un dios sombrío.
Comió en cada cocina de su pueblo.
Aprendió el alfabeto del relámpago.
Olfateó las cenizas esparcidas.
Envolvió el corazón con pieles negras.

Descifró el espiral hilo del humo.
Se construyó de fibras taciturnas.
Se aceitó como el alma de la oliva.
Se hizo cristal de transparencia dura.

Estudió para viento huracanado.
Se combatió hasta apagar la sangre.

Sólo entonces fue digno de su pueblo.

Tomou as lentidões do outono. Trabalhou nas guaridas invisíveis. Dormiu nos lençóis da nevasca. Igualou a conduta das flechas. Bebeu o sangue agreste nos caminhos. Arrebatou o tesouro das ondas. Fez-se ameaça como um deus sombrio. Comeu em cada cozinha do seu povo. Aprendeu o alfabeto do relâmpago. Farejou as cinzas esparzidas. Embrulhou o coração com peles negras.

Decifrou o espiral fio da fumaça. Construiu-se de fibras taciturnas. Azeitou-se como a alma da azeitona. Fez-se cristal de transparência dura.

Estudou para vento de furacão. Combateu até apagar o sangue.

Só então foi digno do seu povo.

XIV. LA COLONIA CUBRE NUESTRAS TIERRAS (Intermedio)

Cuando la espada descansó y los hijos
de España dura, como espectros,
desde reinos y selvas, hacia el trono,
montañas de papel con aullidos
enviaron al monarca ensimismado:
después que en la calleja de Toledo
o del Guadalquivir en el recodo,
toda la historia pasó de mano en mano,
y por la boca de los puertos anduvo
el ramal harapiento
de los conquistadores espectrales,
y los últimos muertos fueron puestos
dentro del ataúd, con procesiones,
en las iglesias construidas a sangre,
llegó la ley al mundo de los ríos
y vino el mercader con su bolsita.

Se oscureció la extensión matutina,
trajes y telarañas propagaron
la oscuridad, la tentación, el fuego
del diablo en las habitaciones.
Una vela alumbró la vasta América
llena de ventisqueros y panales,
y por siglos al hombre habló en voz baja,
tosió trotando por las callejuelas,
se persignó persiguiendo centavos.

XIV. A COLÔNIA COBRE AS NOSSAS TERRAS (INTERMÉDIO)

Quando a espada descansou e os filhos da Espanha dura, como espectros, de reinos e selvas, para o trono, montanhas de papel com uivos enviaram ao monarca ensimesmado: depois que na ruela de Toledo ou do Guadalquivir na curva, toda a história passou de mão em mão, e pela boca dos portos andou o feixe esfarrapado dos conquistadores espectrais, e os últimos mortos foram postos dentro do ataúde, com procissões, nas igrejas construídas a sangue, chegou a lei ao mundo dos rios e veio o mercador com a sua bolsa.

Obscureceu-se a extensão matutina, trajes e teias de aranha propagaram a escuridão, a tentação, o fogo do diabo nos quartos de dormir. Uma vela iluminou a vasta América cheia de nevascas e colmeias, e durante séculos ao homem falou em voz baixa, tossiu trotando pelas ruelas, benzeu-se perseguindo centavos.

Llegó el criollo a las calles del mundo,
esmirriado, lavando las acequias,
suspirando de amor entre las cruces,
buscando el escondido
sendero de la vida
bajo la mesa de la sacristía.
La ciudad en la esperma del cerote
fermentó, bajo los paños negros,
y de las raspaduras de la cera
elaboró manzanas infernales.

América, la copa de caoba
entonces fue un crepúsculo de llagas,
un lazareto anegado de sombras
y en la antigua extensión de la frescura
creció la reverencia del gusano.
El oro levantó sobre las pústulas
macizas flores, hiedras silenciosas,
edificios de sombra submergida.

Una mujer recolectaba pus,
y el vaso de substancia
bebió en honor del cielo cada día,
mientras el hambre bailaba en las minas
de México dorado,
y el corazón andino del Perú
lloraba dulcemente
de frío bajo los harapos.

Chegou o crioulo às ruas do mundo, mirando, lavando os canais de irrigação, suspirando de amor entre as cruzes, procurando o escondido caminho da vida debaixo da mesa da sacristia. A cidade no esperma do medo fermentou, sob os panos negros, e das raspas da cera elaborou maçãs infernais.

América, a taça de acaju então foi um crepúsculo de chagas, um leprosário afogado de sombras e na antiga extensão da frescura cresceu a reverência do verme. O ouro levantou sobre as pústulas maciças flores, heras silenciosas, edifícios de sombra submersa.

Uma mulher recolhia pus, e o copo de substância bebeu em honra do céu de cada dia, enquanto a fome dançava nas minas do México dourado, e o coração andino do Peru chorava docemente de frio sob os farrapos.

En las sombras del día tenebroso
el mercader hizo su reino
apenas alumbrado por la hoguera
en que el hereje, retorcido,
hecho pavesa, recibía
su cucharadita de Cristo.
Al día siguiente las señoras,
arreglando las crinolinas,
recordaban el cuerpo enloquecido,
golpeado y devorado por el fuego,
mientras el alguacil examinaba
la minúscula mancha del quemado,
grasa, ceniza, sangre,
que lamían los perros.

Nas sombras do dia tenebroso o mercador fez o seu reino mal acabado de alumiar pela fogueira em que o herege, retorcido, transformado em fagulhas, recebia a sua colheradinha de Cristo. No dia seguinte as senhoras, arrumando as crinolinas, recordavam o corpo enlouquecido, batido e devorado pelo fogo, enquanto o prefeito examinava a minúscula mancha do queimado, gordura, cinza, sangue, que lambiam os cães.

V. LA ARENA TRAICIONADA

LA CREMA

Grotescos, falsos aristócratas
de nuestra América, mamíferos
recién estucados, jóvenes
estériles, pollinos sesudos,
hacendados malignos, héroes
de la borrachera en el Club,
salteadores de banca y bolsa,
pijes, granfinos, pitucos,
apuestos tigres de Embajada,
pálidas niñas principales,
flores carnívoras, cultivos
de las cavernas perfumadas,
enredaderas chupadoras
de sangre, estiércol y sudor,
lianas estranguladoras,
cadenas de boas feudales.

V. A AREIA ATRAIÇOADA

A NATA

Grotescos, falsos aristocratas da nossa América, mamíferos recém-estucados, jovens estéreis, burricos sensatos, fazendeiros malignos, heróis da bebedeira no Clube, salteadores de banco e bolsa, falsos elegantes, grã-finos, metidos a besta, ataviados tigres de Embaixada, pálidas meninas principais, flores carnívoras, cultivos das cavernas perfumadas, trepadeiras chupadoras de sangue, esterco e suor, cipós estranguladores, cadeias de jiboias feudais.

Mientras temblaban las praderas
con el galope de Bolívar,
o de O'Higgins (soldados pobres,
pueblo azotado, héroes descalzos),
vosotros formasteis las filas
del rey, del pozo clerical,
de la traición a las banderas,
pero cuando el viento arrogante
del pueblo, agitando sus lanzas,
nos dejó la patria en los brazos,
surgisteis alambrando tierras,
midiendo cercas, hacinando
áreas y seres, repartiendo
la policía y los estancos.

El pueblo volvió de las guerras,
se hundió en las minas, en la oscura
profundidad de los corrales,
cayó en los surcos pedregosos,
movió las fábricas grasientas,
procreando en los conventillos,
en las habitaciones repletas
con otros seres desdichados.

Enquanto tremiam os prados com o galope de Bolívar, ou de O'Higgins (soldados pobres, povo açoitado, heróis descalços), vós formastes nas fileiras do rei, da poça clerical, da traição às bandeiras, mas quando o vento arrogante do povo, agitando as suas lanças, nos deixou a pátria nos braços, surgistes pondo arame nas terras, medindo cercas, amontoando áreas e seres, repartindo a polícia e os monopólios.

O povo voltou das guerras, afundou-se nas minas, na escura profundidade dos currais, caiu nos sulcos pedregosos, moveu as fábricas engorduradas, procriando nos prostíbulos, nos cômodos repletos de outros seres desgraçados.

Naufragó en vino hasta perderse,
abandonado, invadido
por un ejército de piojos
y de vampiros, rodeado
de muros y comisarías,
sin pan, sin música, cayendo
en la soledad desquiciada
donde Orfeo le deja apenas
una guitarra para su alma,
una guitarra que se cubre
de cintas y desgarraduras
y canta encima de los pueblos
como el ave de la pobreza.

Naufragou em vinho até se perder, abandonado, invadido por um exército de piolhos e de vampiros, rodeado de muros e delegacias, sem pão, sem música, caindo na solidão desesperada onde Orfeu mal lhe deixa uma guitarra para a sua alma, uma guitarra que se cobre de fitas e rasgões e canta por cima dos povos como a ave da pobreza.

PROCESIÓN EN LIMA (1947)

Eran muchos, llevaban el ídolo
sobre los hombros, era espesa
la cola de la muchedumbre
como una salida del mar
con morada fosforescencia.

Saltaban bailando, elevando
graves murmullos masticados
que se unían a la fritanga
y a los tétricos tamboriles.

Chalecos morados, zapatos
morados, sombreros
llenaban de manchas violetas
las avenidas como un río
de enfermedades pustulosas
que desembocaba en los vidrios
inútiles de la catedral.
Algo infinitamente lúgubre
como el incienso, la copiosa
aglomeración de las llagas
hería los ojos uniéndose
con las llamas afrodisíacas
del apretado río humano.

Vi al obeso terrateniente
sudando en las sobrepellices,
rascándose los goterones
de sagrada esperma en la nuca.

PROCISSÃO EM LIMA (1947)

Eram muitos, levavam o ídolo sobre os ombros, era espessa a fila da multidão como uma saída do mar com roxa fosforescência.

Pulavam dançando, elevando graves murmúrios mastigados que se uniam às frituras e aos tétricos tambores.

Paletós roxos, sapatos roxos, chapéus enchiam de manchas violetas as avenidas como um rio de enfermidades pustulosas que desembocavam nos vidros inúteis da catedral. Algo infinitamente lúgubre como o incenso, a copiosa aglomeração das chagas feria os olhos se unindo com as chamas afrodisíacas do apertado rio humano.

Vi o obeso senhor de terras suando na sobrepeliz, coçando as enormes gotas de sagrado esperma na nuca.

Vi al zarrapastroso gusano
de las estériles montañas,
al indio de rostro perdido
en las vasijas, al pastor
de llamas dulces, a las niñas
cortantes de las sacristías,
a los profesores de aldea
con rostros azules y hambrientos.
Narcotizados bailadores
con camisones purpurinos
iban los negros pataleando
sobre tambores invisibles.
Y todo el Perú se golpeaba
el pecho mirando la estatua
de una señora remilgada,
azul-celeste y rosadilla
que navegaba las cabezas
en su barco de confitura
hinchado de aire sudoroso.

Vi o andrajoso [verme] habitante das estéreis montanhas, índio de rosto perdido nas vasilhas, o pastor de lhamas doces, as meninas faladeiras das sacristias, os professores de aldeia com rostos azuis e famintos. Narcotizados bailarinos com camisolas purpúreas iam os negros batendo os pés sobre tambores invisíveis. E todo o Peru batia no peito olhando a estátua de uma senhora afetada, azul-celeste e cor-de-rosinha que navegava as cabeças no seu barco de doces cristalizados inchado de ar suarento.

LA UNITED FRUIT CO.

Cuando sonó la trompeta, estuvo
todo preparado en la tierra
y Jehová repartió el mundo
a Coca-Cola Inc., Anaconda,
Ford Motors, y otras entidades:
la Compañia Frutera Inc.
se reservó lo más jugoso,
la costa central de mi tierra,
la dulce cintura de América.
Bautizó de nuevo sus tierras
como "Repúblicas Bananas",
y sobre los muertos dormidos,
sobre los héroes inquietos
que conquistaron la grandeza,
la libertad y las banderas,
estableció la ópera bufa:
enajenó los albedríos,
regaló coronas de César,
desenvainó la envidia,
atrajo la dictadura de las moscas,
moscas Trujillos, moscas Tachos,
moscas Carías, moscas Martínez,
moscas Ubico, moscas húmedas
de sangre humilde y mermelada,
moscas borrachas que zumban
sobre las tumbas populares,
moscas de circo, sabias moscas
entendidas en tiranía.

A UNITED FRUIT CO.

Quando soou a trombeta, estava tudo preparado na terra, e Jeová repartiu o mundo entre Coca--Cola Inc., Anaconda, Ford Motors, e outras entidades: a Companhia Fruteira Inc. reservou para si o mais sumarento, a costa central da minha terra, a doce cintura da América. Batizou de novo as suas terras como "Repúblicas Bananas", e sobre os mortos adormecidos, sobre os heróis inquietos que conquistaram a grandeza, a liberdade e as bandeiras, estabeleceu a ópera bufa: alienou as vontades, presenteou coroas de César, desembainhou a inveja, atraiu a ditadura das moscas, moscas Trujillos, moscas Tachos, moscas Carías, moscas Martínez, moscas Ubico, moscas úmidas de sangue humilde e marmelada, moscas bêbadas que zumbem sobre as tumbas populares, moscas de circo, sábias moscas entendidas em tirania.

Entre las moscas sanguinarias
la Frutera desembarca,
arrasando el café y las frutas,
en sus barcos que deslizaron
como bandejas el tesoro
de nuestras tierras sumergidas.

Mientras tanto, por los abismos
azucarados de los puertos,
caían indios sepultados
en el vapor de la mañana:
un cuerpo rueda, una cosa
sin nombre, un número caído,
un racimo de fruta muerta
derramada en el pudridero.

Entre as moscas sanguinárias a Fruteira desembarca, arrasando o café e as frutas, nos seus navios que deslizaram como bandejas o tesouro das nossas terras submersas.

Enquanto isto, pelos abismos açucarados dos portos, caíam índios sepultados no vapor da manhã: um corpo rola, uma coisa sem nome, um número caído, um cacho de fruta morta derramada no monturo.

VII. CANTO GENERAL DE CHILE

II. QUIERO VOLVER AL SUR (1941)

Enfermo en Veracruz, recuerdo un dia
del Sur, mi tierra, un dia de plata
como un rápido pez en el agua del cielo.
Loncoche, Lonquimay, Carahue, desde arriba
esparcidos, rodeados por silencio y raíces,
sentados en sus tronos de cueros y maderas.
El Sur es un caballo echado a pique
coronado con lentos árboles y rocío,
cuando levanta el verde hocico caen las gotas,
la sombra de su cola moja el gran archipiélago
y en su intestino crece el carbón venerado.
Nunca más, dime, sombra, nunca más, dime, mano,
nunca más, dime, pie, puerta, pierna, combate,
trastornarás la selva, el camino, la espiga,
la niebla, el frío, lo que, azul, determinaba
cada uno de tus pasos sin cesar consumidos?
Cielo, déjame un día de estrella a estrella irme
pisando luz y pólvora, destrozando mi sangre
hasta llegar al nido de la lluvia!

Quiero ir

detrás de la madera por el río
Toltén fragante, quiero salir de los aserraderos,
entrar en las cantinas con los pies empapados,

VII. CANTO GERAL DO CHILE

II. QUERO VOLTAR AO SUL (1941)

Doente em Veracruz, me lembro um dia do Sul, minha terra, um dia de prata como um rápido peixe na água do céu. Loncoche, Lonquimay, Carahue, de cima jogados, rodeados por silêncio e raízes, sentados nos seus tronos de couros e madeiras. O Sul é um cavalo posto a pique coroado com lentas árvores e orvalho, quando levanta o verde focinho caem as gotas, a sombra da sua cauda molha o grande arquipélago e no seu intestino cresce o carvão venerado. Nunca mais, dize-me, sombra, nunca mais, dize-me, mão, nunca mais, dize-me, pé, porta, perna, combate, subverterás a selva, o caminho, a espiga, a névoa, o frio, o que, azul, determinava cada um dos teus passos sem cessar consumidos? Céu, deixa-me um dia de estrela em estrela ir, pisando luz e pólvora, destroçando o meu sangue até chegar ao ninho da chuva! Quero ir atrás da madeira pelo rio Toltén fragrante, quero sair das serrarias, entrar nas cantinas, com os pés ensopados,

guiarme por la luz del avellano eléctrico,
tenderme junto al excremento de las vacas,
morir y revivir mordiendo trigo.
                                        Océano tráeme
un dia del Sur, un dia agarrado a tus olas,
un día de árbol mojado, trae un viento
azul polar a mi bandera fría!

guiar-me pela luz da aveleira elétrica, estender--me junto ao excremento das vacas, morrer e viver mordendo trigo. Oceano, traze-me um dia do Sul, um dia agarrado nas tuas ondas, um dia de árvore molhada, traze um vento azul polar para a minha bandeira fria!

III. MELANCOLÍA CERCA DE ORIZABA (1942)

Qué hay para ti en el Sur sino un río, una noche,
unas hojas que el aire frío manifiesta
y extiende hasta cubrir las riberas del cielo?
Es que la cabellera del amor desemboca
como otra nieve o agua del deshecho archipiélago,
como otro movimiento subterráneo del fuego
y espera en los galpones otra vez,
donde las hojas caen tantas veces
temblando, devoradas por esa boca espesa,
y el brillo de la lluvia cierra su enredadera
desde la reunión de los granos secretos
hasta el follaje lleno de campanas y gotas?

Donde la primavera trae una voz mojada
que zumba en las orejas del caballo dormido
y luego cae al oro del trigo triturado
y luego asoma un dedo transparente en la uva.

Qué hay para ti esperándote, dónde, sin corredores,
sin paredes, te llama el Sur?
Como el llanero escuchas en tu mano la copa
de la tierra, poniendo tu oído en las raíces:
desde lejos un viento de hemisferio temible,
el galope en la escarcha de los carabineros:
donde la aguja cose con agua fina el tiempo
y su desmenuzada costura se detruye:
qué hay para ti en la noche de costado salvaje
aullando con la boca toda llena de azul?

III. MELANCOLIA PERTO DE ORIZABA (1942)

O que há para ti no Sul senão um rio, uma noite, umas folhas que o ar frio expõe e estende até cobrir as ribeiras do céu? É que a cabeleira do amor desemboca como outra neve ou água do desfeito arquipélago, como outro movimento subterrâneo do fogo e espera nos galpões outra vez, onde as folhas caem tantas vezes tremendo, devoradas por essa boca espessa, e o brilho da chuva fecha a sua trepadeira desde a reunião dos grãos secretos até a folhagem cheia de sinos e gotas?

Onde a primavera traz uma voz molhada que zumbe nas orelhas do cavalo adormecido e logo cai no ouro do trigo triturado e logo faz aparecer um dedo transparente na uva. O que há para ti te esperando, onde, sem corredores, sem paredes, te chama o Sul? Como o homem da planície escutas na tua mão a taça da terra, pondo o teu ouvido nas raízes: de longe um vento de hemisfério temível, o galope na geada dos carabineiros: onde a agulha cose com água fina o tempo e a sua esmiuçada costura se destrói: o que há para ti na noite de costados selvagens uivando com a boca toda cheia de azul?

Hay un día tal vez detenido, una espina
clava en el viejo día su aguijón degradado
y su antigua bandera nupcial se despedaza.
Quién ha guardado un día de bosque negro, quién
ha esperado unas horas de piedra, quién rodea
la herencia lastimada por el tiempo, quién huye
sin desaparecer en el centro del aire?
Un día, un día lleno de hojas desesperadas,
un día, una luz rota por el frío zafiro,
un silencio de ayer preservado en el hueco,
de ayer, en la reserva del territorio ausente.
Amo tu enmarañada cabellera de cuero,
tu antártica hermosura de intemperie y ceniza,
tu doloroso peso de cielo combatiente:
amo el vuelo del aire del día en que me esperas,
sé que no cambia el beso de la tierra, y no cambia,
sé que no cae la hoja del árbol, y no cae:
sé que el mismo relámpago detiene sus metales
y la desamparada noche es la misma noche,
pero es mi noche, pero es mi planta, el agua
de las glaciales lágrimas que conocen mi pelo.

Sea yo lo que ayer me esperaba en el hombre:
lo que en laurel, ceniza, cantidad, esperanza,
desarrolla su párpado en la sangre,
en la sangre que puebla la cocina y el bosque,
las fábricas que el hierro cubre de plumas negras,
las minas taladradas por el sudor sulfúrico.

Há um dia talvez detido, um espinho crava no velho dia o seu aguilhão degradado e a sua antiga bandeira nupcial se despedaça. Quem guardou um dia de bosque negro, quem esperou umas horas de pedra, quem rodeia a herança estragada pelo tempo, quem foge sem desaparecer no centro do ar? Um dia, um dia cheio de folhas desesperadas, um dia, uma luz quebrada pela fria safira, um silêncio de ontem preservado no buraco de ontem, na reserva do território ausente. Amo a tua emaranhada cabeleira de couro, a tua antártica formosura de intempérie e cinza, o teu doloroso peso de céu combatente: amo o voo do ar do dia em que me esperas, sei que não muda o beijo da terra e não muda, sei que não cai a folha da árvore, e não cai: sei que o mesmo relâmpago detém os seus metais e a desamparada noite é a mesma noite, mas é a minha noite, mas é a minha planta, a água das glaciais lágrimas que conhecem o meu cabelo.

Seja eu o que ontem me esperava no homem: o que em louros, cinza, quantidade, esperança, desenvolve a sua pálpebra no sangue, no sangue que povoa a cozinha e o bosque, as fábricas que o ferro cobre de penas negras, as minas furadas pelo suor sulfúrico.

No sólo el aire agudo del vegetal me espera:
no sólo el trueno sobre el nevado esplendor:
lágrimas y hambre como dos escalofríos
suben al campanario de la patria y repican:
de ahí que en medio del fragante cielo,
de ahí que cuando Octubre estalla, y corre
la primavera antártica sobre el fulgor del vino,
hay un lamento y otro y otro lamento y otro
hasta que cruzan nieve, cobre, caminos, naves,
y pasan a través de la noche y la tierra
hasta mi desangrada garganta que los oye.

Pueblo mío, qué dices? Marinero,
peón, alcalde, obrero del salitre, me escuchas?
Yo te oigo, hermano muerto, hermano vivo, te oigo,
lo que tú deseabas, lo que enterraste, todo,
la sangre que en la arena y en el mar derramabas,
el corazón golpeado que resiste y asusta.

Qué hay para ti en el Sur? La lluvia dónde cae?
Y desde el intersticio, qué muertos ha azotado?
Los míos, los del Sur, los héroes solos,
el pan diseminado por la cólera amarga,
el largo luto, el hambre, la dureza y la muerte,
las hojas sobre ellos han caído, las hojas,
la luna sobre el pecho del soldado, la luna,
el callejón del miserable, y el silencio
del hombre en todas partes, como un mineral duro
cuya veta de frío hiela la luz de mi alma
antes de construir la campana en la altura.

Não só o ar agudo do vegetal me espera: não só o trovão sobre o nevado esplendor: lágrimas e fome como dois calafrios sobem ao campanário da pátria e repicam: daí que em meio ao flagrante céu, daí que quando outubro estala, e corre a primavera antártica sobre o fulgor do vinho, há um lamento e outro e outro lamento e outro até que cruzam neve, cobre, caminhos, naves, e passam através da noite e da terra até a minha exangue garganta que os ouve.

Povo meu, o que dizes? Marinheiro, peão, delegado, operário do salitre, me escutas? Eu te ouço, irmão, irmão vivo, te ouço, o que tu desejavas, o que enterraste, tudo, o sangue que na areia e no mar derramavas, o coração surrado que resiste e assusta.

O que há para ti no Sul? A chuva onde cai? E do interstício, que mortos açoitou? Os meus, os do Sul, os heróis solitários, o pão distribuído pela cólera amarga, o longo luto, a fome, a dureza e a morte, as folhas sobre eles caíram, as folhas, a lua sobre o peito do soldado, a lua, a ruela do miserável, e o silêncio do homem em todas as partes, como um mineral duro cujo veio de frio gela a luz da minha alma antes de construir o sino na altura.

Patria llena de gérmenes, no me llames, no puedo
dormir sin tu mirada de cristal y tiniebla.
Tu ronco grito de aguas y seres me sacude
y ando en el sueño al borde de tu espuma solemne
hasta la última isla de tu cintura azul.
Me llamas dulcemente como una novia pobre.
Tu larga luz de acero me enceguece y me busca
como una espada llena de raíces.
Patria, tierra estimable, quemada luz ardiendo:
como el carbón adentro del fuego precipita
tu sal temible, tu desnuda sombra.
Sea yo lo que ayer me esperaba, y mañana
resista en un puñado de amapolas y polvo.

Pátria cheia de germes, não me chames, não posso dormir sem o teu olhar de cristal e treva. O teu rouco grito de águas e seres me sacode e ando no sonho na orla da tua espuma solene até a última ilha da tua cintura azul. Me chamas docemente como uma namorada pobre. A tua longa luz de aço me cega e me procura como uma espada cheia de raízes. Pátria, terra estimável, queimada luz ardendo: como o carvão dentro do fogo precipita o teu sal temível, a tua nua sombra. Seja eu o que ontem me esperava, e amanhã resista num punhado de papoulas e poeira.

VIII. LA TIERRA SE LLAMA JUAN

VI. ABRAHAM JESÚS BRITO (POETA POPULAR)

Jesús Brito es su nombre, Jesús Parrón o pueblo,
y fue haciéndose agua por los ojos,
y por las manos se fue haciendo raíces,
hasta que lo plantaron de nuevo donde estuvo
antes de ser, antes de que brotara
del territorio, entre las piedras pobres.

Y fue entre mina y marinero un ave
nudosa, un patriarcal talabartero
de la corteza suave de la patria terrible:
mientras más fría, más azul la hallaba:
mientras más duro el suelo, más luna le salía:
cuanto más hambre, más cantaba.

Y todo el mundo ferroviario abría
con su llave y su lira sarmentosa,
y por la espuma de la patria andaba
lleno de paquetitos estrellados,
él, el árbol del cobre, iba regando
cada pequeño trébol sucedido,
el espantoso crimen, el incendio,
y el ramo de los ríos tutelares.

VIII. A TERRA CHAMADA JOÃO

VI. ABRAHÃO JESUS BRITO (POETA POPULAR)

Jesus Brito é o seu nome, Jesus Parreira ou povo, e foi se fazendo água pelos olhos, e pelas mãos se foi fazendo raízes, até que o plantaram de novo onde esteve antes de ser, antes que brotasse do território, entre as pedras pobres.

E foi entre mina e marinheiro uma ave nodosa, um patriarcal seleiro da cortiça suave da pátria terrível: quanto mais fria, mais azul a encontrava: quanto mais duro o solo, mais lua lhe saía: quanto mais fome, mais cantava.

E todo o mundo ferroviário abria com a sua chave e a sua lira sarmentosa, e pela espuma da pátria andava cheio de pacotinhos estrelados, ele, a árvore do cobre, ia regando cada pequeno trevo acontecido, o horrível crime, o incêndio, e o ramo dos rios tutelares.

Su voz era la de los roncos gritos
perdidos en la noche de los raptos,
él llevaba campanas torrenciales
recogidas de noche en su sombrero,
y recogía en su harapiento saco
las desbordantes lágrimas del pueblo.
Iba por los ramales arenosos,
por la extensión hundida del salitre,
por los ásperos cerros litorales
construyendo el romance clavo a clavo,
y teja a teja levantando el verso:
dejando en él la mancha de las manos
y las goteras de la ortografía.

Brito, por las paredes capitales,
entre el rumor de las cafeterías,
andabas como un árbol peregrino
buscando tierra con los pies profundos,
hasta que fuiste haciéndote raíces,
piedra y terrón y minería oscura.

Brito, tu majestad fué golpeada
como un tambor de majestuoso cuero
y era una monarquía a la intemperie
tu señorío de arboleda y pueblo.

Árbol errante, ahora tus raíces
cantan bajo la tierra, y en silencio.
Un poco más profundo eres ahora.
Ahora tienes tierra y tienes tiempo.

Sua voz era a dos roucos gritos perdidos na noite dos raptos, ele levava sinos torrenciais recolhidos de noite no seu chapéu, e recolhia no seu esfarrapado paletó as transbordantes lágrimas do povo. Ia pelos ramais arenosos, pela extensão afundada do salitre, pelos ásperos montes do litoral construindo o romance prego a prego, e telha a telha levantando o verso: deixando nele a mancha das mãos e as goteiras da ortografia.

Brito, pelas paredes capitais, entre o rumor dos cafés, andavas como uma árvore peregrina procurando terra com os pés profundos, até que foste te fazendo raízes, pedra e torrão e mineração escura.

Brito, a tua majestade foi batida como um tambor de majestoso couro e era uma monarquia à intempérie a tua senhoria de alameda e aldeia.

Árvore errante, agora as tuas raízes cantam debaixo da terra, e em silêncio. Um pouco mais profundo és agora. Agora tens terra e tens tempo.

XIV. EL GRAN OCÉANO

EL GRAN OCÉANO

Si de tus dones y de tus destruccíones, Océano, a mis manos
pudiera destinar una medida, una fruta, un fermento,
escogería tu reposo distante, las líneas de tu acero,
tu extensión vigilada por el aire y la noche,
y la energía de tu idioma blanco
que destroza y derriba sus columnas
en su propia pureza demolida.

No es la última ola con su salado peso
la que tritura costas y produce
la paz de arena que rodea el mundo:
es el central volumen de la fuerza,
la potencia extendida de las aguas,
la inmóvil soledad llena de vidas.
Tiempo, tal vez, o copa acumulada
de todo movimiento, unidad pura
que no selló la muerte, verde víscera
de la totalidad abrasadora.

XIV. O GRANDE OCEANO

O GRANDE OCEANO

Se dos teus dons e das tuas destruições, Oceano, às minhas mãos pudesse destinar uma medida, uma fruta, um fermento, escolheria o teu repouso distante, as linhas do teu aço, a tua extensão vigiada pelo ar e pela noite, e a energia do teu idioma branco que destroça e derruba as suas colunas na sua própria pureza demolida.

Não é a última onda com o seu salgado peso a que tritura costas e produz a paz de areia que rodeia o mundo: é o central volume da força, a potência estendida das águas, a imóvel solidão cheia de vidas. Tempo, talvez, ou taça acumulada de todo movimento, unidade pura que não selou a morte, verde víscera da totalidade abrasadora.

Del brazo sumergido que levanta una gota
no queda sino un beso de la sal. De los cuerpos
del hombre en tus orillas una húmeda fragancia
de flor mojada permanece. Tu energía
parece resbalar sin ser gastada,
parece regresar a su reposo.

La ola que desprendes,
arco de identidad, pluma estrellada,
cuando se despeñó fue sólo espuma,
y regresó a nacer sin consumirse.

Toda tu fuerza vuelve a ser origen.
Sólo entregas despojos triturados,
cáscaras que apartó tu cargamento,
lo que expulsó la acción de tu abundancia,
todo lo que dejó de ser racimo.

Tu estatua está extendida más allá de las olas.

Viviente y ordenada como el pecho y el manto
de un solo ser y sus respiraciones,
en la materia de la luz izadas,
llanuras levantadas por las olas,
forman la piel desnuda del planeta.
Llenas tu propio ser con tu substancia.

Do braço submerso que levanta uma gota não fica senão um beijo do sal. Dos corpos do homem nas tuas margens uma úmida fragrância de flor molhada permanece. A tua energia parece resvalar sem ser gasta, parece regressar ao seu repouso.

A onda que desprendes, arco de identidade, pena despedaçada, quando se despenhou foi só espuma, e regressou para nascer sem se consumir.

Toda a tua força volta a ser origem. Só entregas despojos triturados, cascas que separou o teu carregamento, o que expulsou a ação da tua abundância, tudo o que deixou de ser cacho.

Tua estátua está estendida além das ondas.

Vivente e ordenada como o peito e o manto de um só ser e suas respirações, na matéria da luz içadas, planícies levantadas pelas ondas, formam a pele nua do planeta. Enches o teu próprio ser com a tua substância.

Colmas la curvatura del silencio.

Con tu sal y tu miel tiembla la copa,
la cavidad universal del agua,
y nada falta en ti como en el cráter
desollado, en el vaso cerril:
cumbres vacías, cicatrices, señales
que vigilan el aire mutilado.

Tus pétalos palpitan contra el mundo,
tiemblan tus cereales submarinos,
las suaves ovas cuelgan su amenaza,
navegan y pululan las escuelas,
y sólo sube al hilo de las redes
el relámpago muerto de la escama,
un milímetro herido en la distancia
de tus totalidades cristalinas.

Tornas repleta a curvatura do silêncio.

Com o teu sal e o teu mel treme a taça, a cavidade universal da água, e nada falta em ti como na cratera destampada, no copo rude: cumes vazios, cicatrizes, sinais que vigiam o ar mutilado.

As tuas pétalas palpitam contra o mundo, tremem os teus cereais submarinos, as suaves algas penduram a sua ameaça, navegam e pululam as escolas, e apenas sobe ao fio das redes o relâmpago morto da escama, um milímetro ferido na distância das tuas totalidades cristalinas.

XVII. LOS ENIGMAS

Me habéis preguntado qué hila el crustáceo
entre sus patas de oro
y os respondo: El mar lo sabe.
Me decís qué espera la ascidia en su campana transparente?
Qué espera?
Yo os digo, espera como vosotros el tiempo.
Me preguntáis a quién alcanza el abrazo del alga
[Macrocustis?
Indagadlo, indagadlo a cierta hora, en cierto mar que
[conozco.
Sin duda me preguntaréis por el marfil maldito del narwhal,
para que yo os conteste
de qué modo el unicornio marino agoniza arponeado.
Me preguntáis tal vez por las plumas alcionarias que
[tiemblan
en los puros orígenes de la marca austral?
Y sobre la construcción cristalina del pólipo habéis
[barajado,
sin duda,
una pregunta más, desgranándola ahora?
Queréis saber la eléctrica materia de las púas del fondo?
La armada estalactita que camina quebrándose?
El anzuelo del pez pescador, la música extendida
en la profundidad como un hilo en el agua?

XVII. OS ENIGMAS

Perguntastes-me o que fia o crustáceo entre as suas patas de ouro e eu vos respondo: O mar é que sabe. Dizeis-me o que espera a caravela no seu sino transparente? O que espera? Eu vos digo, espera como vós o tempo. Perguntai-me a quem atinge o abraço da alga Macrocustis? Indagai-o, a certa hora, em certo mar que conheço. Sem dúvida perguntar--me-eis pelo marfim maldito do [cetáceo ártico] narwhal, para que eu vos responda de que modo o unicórnio marinho agoniza arpoado. Perguntai--me talvez pelas penas alcionárias que tremem nas puras origens da maré austral? E sobre a construção cristalina do pólipo enredastes, sem dúvida, uma pergunta mais, desfiando-a agora? Quereis saber a elétrica matéria dos ouriços do fundo? A armada estalactite que caminha se quebrando? O anzol do peixe pescador, a música estendida na profundidade como um fio na água?

Yo os quiero decir que esto lo sabe el mar, que la vida en
sus arcas
es ancha como la arena, innumerable y pura
y entre las uvas sanguinarias el tiempo ha pulido
la dureza de un pétalo, la luz de la medusa
y ha desgranado el ramo de sus hebras corales
desde una cornucopia de nácar infinito.

Yo no soy sino la red vacía que adelanta
ojos humanos, muertos en aquellas tinieblas,
dedos acostumbrados al triángulo, medidas
de un tímido hemisferio de naranja.

Anduve como vosotros escarbando
la estrella interminable,
y en mi red, en la noche, me desperté desnudo,
única presa, pez encerrado en el viento.

Eu vos quero dizer que isto quem sabe é o mar, que a vida nas suas arcas é larga como a areia, inumerável e pura e entre as uvas sanguinárias o tempo poliu a dureza de uma pétala, a luz da medusa e debulhou o ramo das suas fibras corais de uma cornucópia de nácar infinito.

Eu não sou senão a rede vazia que adianta olhos humanos, mortos naquelas trevas, dedos acostumados ao triângulo, medidas de um tímido hemisfério de laranja.
Andei como vós arranhando a estrela interminável, e na minha rede, na noite, acordei nu, única presa, peixe encerrado no vento.

VIAJES

(1955)

VIAJE POR LAS COSTAS DEL MUNDO (Fragmento)

He comenzado a vivir en tantos sitios y en tantas horas diferentes de nuestra época, que no sé por dónde empezar: si por lo grande o lo pequeño, lo de adentro o lo de afuera, si por la chaqueta o por el corazón. Todo va fundido dentro de uno, fuera de uno, las vidas y los nacimientos, haciendo un círculo de hojas, de lágrimas, de fuego, de conocimiento, de recuerdos. Y la vida de un hombre es como la existencia de un día: el polvo tiembla al paso de la luz central, la vegetación acumula su misterioso alimento hecho de atmósfera y de profundidad, pasan cantos de niños, de borrachos, de enterradores, suenan las cocinas del mundo, transportan los heridos por el mar, por interminables trenes, las máquinas de escribir, las prensas, los motores van hundiéndose en un crepúsculo de donde el día va desapareciendo, como un pequeño ciclista en un largo camino, y no queda sino la noche permanente, las infinitas estrellas, la soledad inmensa.

Por largo tiempo me acompañaron solitarios nombres de regiones desconocidas y lejanas, en donde tuve una casa, unos libros, tal vez una mujer. Esos nombres nunca interesaron a nadie, su ortografía misma era desconocida y difícil, y para mí eran puntos secretos de mi pensamiento, de los que a nadie pude hablar, de los que a nadie pude callar, con una palabra o silencio que los hubiera abarcado. Qué hubiera significado para nadie un mes, mil días, muchas semanas mías, muchas estacio-

VIAGEM PELAS COSTAS DO MUNDO (Fragmento)

Comecei a viver em tantos lugares e em tantas horas diferentes da nossa época, que não sei por onde começar: se pelo grande ou pelo pequeno, pelo de dentro ou pelo de fora, se pelo casaco ou pelo coração. Tudo vai fundido dentro da gente, fora da gente, as vidas e os nascimentos, fazendo um círculo de folhas, de lágrimas, de conhecimento, de lembranças. E a vida de um homem é como a existência de um dia: a poeira treme à passagem da luz central, a vegetação acumula o seu misterioso alimento feito de atmosfera e de profundidade, passam cantos de crianças, de bêbados, de coveiros, soam as cozinhas do mundo, transportam os feridos pelo mar, por intermináveis trens, as máquinas de escrever, as prensas, os motores vão se fundindo num crepúsculo de onde o dia vai desaparecendo, como um pequeno ciclista num longo caminho, e não fica senão a noite permanente, as infinitas estrelas, a solidão imensa.

Por longo tempo me acompanharam solitários nomes de regiões desconhecidas e longínquas, onde tive uma casa, uns livros, talvez uma mulher. Estes nomes nunca interessaram a ninguém, a sua própria ortografia era desconhecida e difícil, e para mim eram pontos secretos do meu pensamento, dos que a ninguém pude falar, dos que a ninguém pude calar, com uma palavra ou silêncio que os tivesse abarcado. O que teria significado para ninguém um mês, mil dias, muitas semanas minhas, muitas esta-

nes, en el golfo de Martabán, vagando por las orillas del río Irrawadhy, en cuya boca está Rangoon, mirando la crecida, sucia y turbulenta, del río Salween, o una tarde, un día, una noche en el remoto Sandokan, o un día de lluvia en tren, en una tercera clase, a través de Thailandia, en la selva, o una mañana de frío en el Estrecho de Magallanes, tiritando enfermo y sin trabajo, mirando al borde del agua el hocico de un impreciso buey marino con grandes bigotes de escarcha.

Todo eso ha sido privadamente mío, sin nostalgia, sin desgracia, sin felicidad: ha sido mi lote, mi reserva, mi hacienda solitaria. Hoy por muchas de esas regiones marcha la guerra seguida de cuervos y chacales, de hormigas y de cangrejos: la selva devora con garras y con flores, todo vuelve al silencio, a una luz dura y verde, pero ya todos esos nombres, esas latitudes entran en el pan de cada día, en el piano de cada día, en la sangre de cada mañana, porque la vida nos acostumbra en esta hora a levantar cada mañana la copa de sangre de cada día, y no sólo el tigre y no sólo el lobo son los animales sangrientos, invasores de la selva o de la estepa.

Hace poco tiempo, escarbando por las playas del golfo de California, buscando entre el agua, la arena y el lodo tal vez el argonauta, o las innumerables *protothacas*, o el *phyllonotus* bicolor, llamado chino, caracol doble, en su alrededor de tiza y de espinas, en su interior, rosado como un paladar, retiré sorprendido de entre la espuma una gigantesca estrella de mar, sí, sí, la *oreater occidentalis* o tal vez la *nidorellia armata*. Era una masa de bermellón fosforescente y sus cinco gruesas puntas se levantaban hacia el centro, como un astro encendido.

ções, no golfo de Martabán, vagando pelas margens do rio Irrawadhy, em cuja boca está Rangum, olhando a enchente, suja e turbulenta, do rio Salween, ou uma tarde, um dia, uma noite no remoto Sandokan, ou um dia de chuva num trem, de terceira classe, através da Tailândia, na selva, ou uma manhã de frio no estreito de Magalhães, tiritando, doente e sem trabalho, olhando na orla da água o focinho de um impreciso boi marinho com grandes bigodes de geada.

Tudo isso foi privadamente meu, sem nostalgia, sem desgraça, sem felicidade: foi a minha parte, a minha reserva, a minha fazenda solitária. Hoje por muitas dessas regiões anda a guerra seguida de corvos e chacais, de formigas e de caranguejos: a selva devora com garras e com flores, tudo volta ao silêncio, a uma luz dura e verde, mas já todos esses nomes, essas latitudes entram no pão de cada dia, no piano de cada dia, no sangue de cada manhã, porque a vida nos acostuma nesta hora a erguer cada manhã a taça de sangue de cada dia, e não só o tigre, e não só o lobo são os animais sanguinários, invasores da selva ou da estepe.

Faz pouco tempo, cavando pelas praias do golfo da Califórnia, procurando entre a água, a areia e o lodo talvez o argonauta, ou as inumeráveis *protothacas*, ou o *phyllonotus* bicolor, chamado chinês, caracol duplo, no seu contorno de giz e espinhos, no seu interior, rosado como o céu da boca, retirei surpreendido de entre a espuma uma gigantesca estrela-do-mar, sim, sim, a *oreater occidentalis* ou talvez a *nidorellia armata*. Era uma massa de vermelhão fosforescente e as suas cinco grossas pontas se levantavam para o centro, como um astro aceso.

Recogí y miré por todos sus ángulos la pequeña montaña viva submarina, también feroz y combativa, voraz y sanguinaria. Todo el océano interior llegaba a mis manos, la vida violenta y blanca de los arrecifes, la exploración nocturna del capitán Nemo, la visión y la aventura del norteamericano contemporáneo William Beebe. Sobre el diván de fango delgado y delicado, las esponjas descansan sus volúmenes remotamente vivos. La sílice se desarrolla en grandes abetos traslúcidos, los armados erizos de azul ardiente viajan con gran pereza en el esplendor de cristal. Cangrejos de delgadas y larguísimas manos, crustáceos ciegos, peces com lámparas cristalinas, tentacrinos, braquiópodos, holoturias, crinoides, construyen en el fondo la estatua fosforescente del viejo océano: sus largas barbas destrozadas por la marea que llega con el alga inmensa de los mares de Chile y con los ojos llenos de gorgonias, de alcionarios, de plumas del mar que se encienden de verde y de violeta, iluminan el camino de los monstruos que guardan la casa sumergida del Dios del Mar.

Recolhi e olhei por todos os seus ângulos a pequena montanha viva submarina, também feroz e combativa, voraz e sanguinária. Todo o oceano interior chegava às minhas mãos, a vida violenta e branca dos recifes, a exploração noturna do capitão Nemo, a visão e a aventura do norte-americano contemporâneo William Beebe. Sobre o divã de lama delgada e delicada, as esponjas descansam os seus volumes remotamente vivos. A sílica se desenvolve em grandes abetos translúcidos, os armados ouriços de azul ardente viajam com grande preguiça no esplendor de cristal. Caranguejos de magras e compridíssimas mãos, crustáceos cegos, peixes como lanternas cristalinas, tentacrinos, braquiópodos, holotúrias, crinoides, constroem no fundo a estátua fosforescente do velho oceano: as suas longas barbas destroçadas pela maré que chega com a alga imensa dos mares do Chile e com os olhos cheios de gorgônias, de alcionários, de plumas do mar que se acendem de verde e de violeta, iluminam o caminho dos monstros que guardam a casa submersa do Deus do Mar.

VIAJE POR LAS COSTAS DEL MUNDO (Goteras)

A fines del siglo pasado la Araucanía no estaba conquistada aún. Los orgullosos héroes antiguos rechazaron nuestra sangre española y el gran río, el padre de los ríos de Chile, el Bío Bío, continuó señalando la frontera, es decir, el sitio que el chileno, como antes el español, no podía cruzar.

La agonía de los guerreros, el final de una raza que parecía inmortal, pudo hacer posible el que mis padres, después de un pacto en que el Gobierno de Chile reconoció a los araucanos como ciudadanos libres de la República de Chile, con todos sus derechos y prerrogativas, pudieran llegar con los primeros pioneers en un viejo coche de alquiler, atravesando varias leguas de territorio desconocido hasta entonces, hasta la nueva capital de la frontera poblada por los chilenos. Ésta se llamó Temuco y ella es la historia de mi familia y de mi poesía. Mis padres vieron la primera locomotora, los primeros ganados, las primeras legumbres en aquella región virginal de frio y tempestad.

Yo nací el año 1904 y antes de 1914 comencé a escribir allí mis primeras poesías. Los largos inviernos del sur se metieron hasta en las médulas de mi alma, y me han acompañado por la tierra. Para escribir me hacía falta el vuelo de la lluvia sobre los techos, las alas huracanadas que vienen de la costa y golpean los pueblos y montañas, y ese renacer de cada mañana, cuando el hombre y sus animales, su casa y sus sueños, han estado entregados du-

VIAGEM PELAS COSTAS DO MUNDO (Goteiras)

No final do século passado a Araucânia ainda não estava conquistada. Os orgulhosos heróis antigos rechaçaram o nosso sangue espanhol e o grande rio, o pai dos rios do Chile, o Bio Bio, continuou demarcando a fronteira, isto é, o lugar que o chileno, como antes o espanhol, não podia atravessar.

A agonia dos guerreiros, o final de uma raça que parecia imortal, pôde fazer possível com que os meus pais, depois de um pacto em que o governo do Chile reconheceu os araucanos como cidadãos livres da República do Chile, com todos os seus direitos e prerrogativas, pudessem chegar com os primeiros *pioneers* num velho carro de aluguel, atravessando várias léguas de território desconhecido até então, até a nova capital da fronteira povoada por chilenos. Esta se chamou Temuco e ela é a história da minha família e da minha poesia. Meus pais viram a primeira locomotiva, o primeiro gado, os primeiros legumes naquela região virginal de frio e tempestade.

Nasci no ano de 1904 e antes de 1914 comecei a escrever ali as minhas primeiras poesias. Os longos invernos do sul entraram até a medula da minha alma, e me acompanharam pela terra. Para escrever me fazia falta o voo da chuva sobre os tetos, as asas de furacão que vêm da costa e golpeiam as aldeias e as montanhas, e esse renascer de cada manhã, quando o homem e seus animais, sua casa e seus sonhos, estiveram entregues durante a noite a uma

rante la noche a una potencia extraña, silbadora y terrible. Para escribir también me hicieron falta por el mundo las goteras. Las goteras son el piano de mi infancia. Mi padre siempre hablaba de comprar un piano que, además de permitir a mis tías tocar mi adorado vals Sobre las Olas, pondría sobre nuestra familia ese título inexpresablemente distinguido que da la frase: "tienen piano". Mi padre, en los momentos que le dejaba libre su vida de movilidad perpetua, porque era conductor de trenes, llegaba hasta a medir las puertas por donde iba a pasar aquel piano que nunca llegó. Pero el gran piano de las goteras duraba todo el invierno. A la primera lluvia se descubrían nuevas goteras de voz dulce que acompañaban a las viejas goteras. Mi madre repartia sus cacharros, lavatorios, jarros lecheros y otros artefactos. Cada uno daba un sonido distinto, a cada uno le llegaba del cielo tempestuoso un mensaje diferente y yo distinguía el sonido claro de un lavatorio de fierro enlozado, del opaco y amargo de un balde abollado. Esa es casi toda la música, el piano de mi infancia, y sus notas, digamos sus goteras, me han acompañado donde me ha tocado vivir, cayendo sobre mi corazón y sobre mi poesía.

potência estranha, assobiadora e terrível. Para escrever também me fizeram falta pelo mundo as goteiras. As goteiras são o piano da minha infância. Meu pai sempre falava em comprar um piano que, além de permitir às minhas tias tocarem a minha adorada valsa Sobre as ondas, traria à nossa família esse título inexprimivelmente distinto que dá a frase: "têm piano". Meu pai, nos momentos em que o deixava livre a sua vida de mobilidade perpétua, porque era chefe de trem, chegava até a medir as portas por onde ia passar aquele piano que nunca chegou. Mas o grande piano das goteiras durava todo o inverno. À primeira chuva descobriam-se novas goteiras de voz doce que acompanhavam as velhas goteiras. Minha mãe espalhava as suas vasilhas, bacias, leiteiras e outros artefatos. Cada um dava um som diferente, a cada um chegava do céu tempestuoso uma mensagem diferente e eu distinguia o som claro de uma bacia de ferro esmaltado, do opaco e amargo de um balde amassado. Essa é quase toda a música, o piano da minha infância, e as suas notas, digamos as suas goteiras, me acompanharam onde me coube viver, caindo sobre o meu coração e sobre a minha poesia.

ODAS ELEMENTALES

(1954)

ODA A LA CEBOLLA

Cebolla,
luminosa redoma,
pétalo a pétalo
se formó tu hermosura,
escamas de cristal te acrecentaron
y en el secreto de la tierra oscura
se redondeó tu vientre de rocío.
Bajo la tierra
fue el milagro
y cuando apareció
tu torpe tallo verde,
y nacieron
tus hojas como espadas en el huerto,
la tierra acumuló su poderío
mostrando tu desnuda transparencia,
y como en Afrodita el mar remoto
duplicó la magnolia
levantando sus senos,
la tierra
así te hizo,
cebolla,
clara como un planeta,
y destinada
a relucir,
constelación constante,
redonda rosa de agua,
sobre
la mesa
de las pobres gentes.

ODE À CEBOLA

Cebola, luminosa redoma, pétala a pétala se formou a tua formosura, escamas de cristal te acrescentaram e no segredo da terra escura se arredondou o teu ventre de orvalho. Sob a terra foi o milagre e quando apareceu o teu torpe talo verde, e nasceram as tuas folhas como espadas no quintal, a terra acumulou o seu poderio mostrando a tua nua transparência, e como em Afrodite o mar remoto duplicou a magnólia levantando os seus seios, a terra assim te fez, cebola, clara como um planeta, e destinada a reluzir, constelação constante, redonda rosa de água, sobre a mesa das pobres gentes.

Generosa
deshaces
tu globo de frescura
en la consumación
ferviente de la olla,
y el jirón de cristal
al calor encendido del aceite
se transforma en rizada pluma de oro.

También recordaré como fecunda
tu influencia el amor de la ensalada
y parece que el cielo contribuye
dándote fina forma de granizo
a celebrar tu claridad picada
sobre los hemisferios de un tomate.
Pero al alcance
de las manos del pueblo,
regada con aceite,
espolvoreada
con un poco de sal,
matas el hambre
del jornalero en el duro camino.
Estrella de los pobres,
hada madrina
envuelta
en delicado
papel, sales del suelo,
eterna, intacta, pura
como semilla de astro,
y al cortarte
el cuchillo en la cocina

Generosa desfazes o teu globo de frescura na consumação fervente da panela, e a tira de cristal ao calor aceso do azeite se transforma em encrespada pena de ouro.

Também recordarei como fecunda a tua influência o amor da salada, e parece que o céu contribui te dando fina forma de granizo celebrando a tua claridade picada sobre os hemisférios de um tomate. Mas ao alcance das mãos do povo, regada com azeite, pulverizada com um pouco de sal, matas a fome do peão no duro caminho. Estrela dos pobres, fada madrinha embrulhada em delicado papel, sais do solo, eterna, intacta, pura como semente de astro, e ao te cortar a faca na cozinha

sube la única lágrima
sin pena.
Nos hiciste llorar sin afligirnos.
Yo cuanto existe celebré, cebolla,
pero para mí eres
más hermosa que un ave
de plumas cegadoras,
eres para mis ojos
globo celeste, copa de platino,
baile inmóvil
de anémona nevada

y vive la fragancia de la tierra
en tu naturaleza cristalina.

sobe a única lágrima sem dor. Fizeste-nos chorar sem nos afligir. Tudo quanto existe celebrei, cebola, mas para mim és mais formosa que uma ave de penas cegadoras, és para os meus olhos globo celeste, taça de platina, dança imóvel de anêmona nevada e vive a fragrância da terra na tua natureza cristalina.

ODA A LA CRÍTICA

Yo escribí cinco versos:
uno verde,
otro era un pan redondo,
el tercero una casa levantándose,
el cuarto era un anillo,
el quinto verso era
corto como un relámpago
y al escribirlo
me dejó en la razón su quemadura.

Y bien, los hombres,
las mujeres,
vinieron y tomaron
la sencilla materia,
brizna, viento, fulgor, barro, madera,
y con tan poca cosa
construyeron
paredes, pisos, sueños.
En una línea de mi poesía
secaron ropa al viento.
Comieron
mis palabras,
las guardaron
junto a la cabecera,
vivieron con un verso,
con la luz que salió de mi costado.
Entonces,
llegó un crítico mudo

ODE À CRÍTICA

Escrevi cinco versos: um verde, outro era um pão redondo, o terceiro uma casa se levantando, o quarto era um anel, o quinto verso era curto como um relâmpago e ao escrevê-lo me deixou na razão a sua queimadura.

E bem, os homens, as mulheres, vieram e tomaram a simples matéria, fibra, vento, fulgor, barro, madeira, e com tão pouca coisa construíram paredes, apartamentos, sonhos. Numa linha da minha poesia secaram roupa ao vento. Comeram as minhas palavras, guardaram-nas junto à cabeceira, viveram com um verso, com a luz que saiu do meu flanco. Então, chegou um crítico mudo

y otro lleno de lenguas,
y otros, otros llegaron
ciegos o llenos de ojos,
elegantes algunos
como claveles con zapatos rojos,
otros estrictamente
vestidos de cadáveres,
algunos partidarios
del rey y su elevada monarquía,
otros se habían
enredado en la frente
de Marx y pataleaban en su barba,
otros eran ingleses
sencillamente ingleses,
y entre todos
se lanzaron
con dientes y cuchillos,
con diccionarios y otras armas negras,
con citas respetables,
se lanzaron
a disputar mi pobre poesía
a las sencillas gentes
que la amaban:
y la hicieron embudos,
la enrollaron,
la sujetaron con cien alfileres,
la cubrieron con polvo de esqueleto,
la llenaron de tinta,
la escupieron con suave
benignidad de gatos,
la destinaron a envolver relojes,

e outro cheio de línguas, e outros, outros chegaram, cegos ou cheios de olhos, elegantes alguns como cravos com sapatos vermelhos, outros estritamente vestidos de cadáveres, alguns partidários do rei e a sua elevada monarquia, outros se tinham embaraçado na testa de Marx e esperneavam na sua barba, outros eram ingleses, simplesmente ingleses, e entre todos se lançaram com dentes e facas, com dicionários e outras armas negras, com citações respeitáveis, se lançaram para disputar a minha pobre poesia às simples gentes que a amavam: e lhe fizeram funis, enrolaram-na, prenderam-na com cem alfinetes, cobriram-na com pó de esqueleto, encheram-na de tinta, cuspiram nela com suave benignidade de gatos, destinaram-na a embrulhar relógios,

la protegieron y la condenaron,
le arrimaron petróleo,
le dedicaron húmedos tratados,
la cocieron con leche,
le agregaron pequeñas piedrecitas,
fueron borrándole vocales,
fueron matándole
sílabas y suspiros,
la arrugaron e hicieron
un pequeño paquete
que destinaron cuidadosamente
a sus desvanes, a sus cementerios,
luego
se retiraron uno a uno
enfurecidos hasta la locura
porque no fuí bastante
popular para ellos
o impregnados de dulce menosprecio
por mi ordinaria falta de tinieblas,
se retiraron
todos
y entonces,
otra vez,
junto a mi poesía
volvieron a vivir
mujeres y hombres,
de nuevo
hicieron fuego,
construyeron casas,
comieron pan,
se repartieron la luz

protegeram-na e condenaram-na, juntaram-lhe petróleo, dedicaram-lhe úmidos tratados, cozinharam-na com leite, somaram-lhe pequenas pedrinhas, foram lhe apagando vogais, foram lhe matando sílabas e suspiros, amassaram-na e fizeram um pequeno pacote que destinaram cuidadosamente aos seus sótãos, aos seus cemitérios, logo se retiraram um a um, enfurecidos até a loucura porque não fui bastante popular para eles ou impregnados de doce menosprezo pela minha ordinária falta de trevas, retiraram-se todos, e então, outra vez, junto à minha poesia voltaram a viver mulheres e homens, de novo fizeram fogo, construíram casas, comeram pão, repartiram entre si a luz

y en el amor unieron
relámpago y anillo.
Y ahora,
perdonadme, señores,
que interrumpa este cuento
que les estoy contando
y me vaya a vivir
para siempre
con la gente sencilla.

e no amor uniram relâmpago e anel. E agora, perdoai-me, senhores, que interrompa esta história que lhes estou contando e vá viver para sempre com a gente simples.

ODA AL PÁJARO SOFRÉ

Te enterré en el jardín:
una fosa
minúscula
como una mano abierta,
tierra
austral,
tierra fría,
fue cubriendo
tu plumaje,
los rayos amarillos,
los relámpagos negros
de tu cuerpo apagado.
De la fértil Goiania,
te enviaron
encerrado.
No podías.
Te fuiste.
En la jaula
con las pequeñas
patas tiesas,
como agarradas
a una rama invisible,
muerto,
un pobre atado
de plumas
extinguidas,
lejos
de los fuegos natales,

ODE AO PÁSSARO SOFRÊ

Te enterrei no jardim: uma cova minúscula como uma mão aberta, terra austral, terra fria foi cobrindo a tua plumagem, os raios amarelos, os relâmpagos negros do teu corpo apagado. Da fértil Goiânia, te enviaram preso. Não podias. Foste embora. Na gaiola com as pequenas patas tesas, como agarradas a um ramo invisível, morto, um pobre feixe de penas extintas, longe dos fogos natais,

de la madre
espesura,
en tierra fría
lejos.
Ave
purísima,
te conocí vivente,
eléctrico,
agitado,
rumoroso,
una flecha
fragante
era tu cuerpo,
por mi brazo y mis hombros
anduviste
independiente, indómito,
negro de piedra negra
y polen amarillo.
Oh salvaje
hermosura,
la dirección erguida
de tus pasos,
en tus ojos
la chispa
del desafío, pero
así
como una flor es desafiante,
con la entereza
de una terrestre integridad, colmado
como un racimo, inquieto
como un descubridor,

da mãe selva, em terra fria, longe. Ave puríssima, te conheci vivo, elétrico, agitado, barulhento, uma flecha fragrante era o teu corpo, por meu braço e meus ombros andaste independente, indomado, negro de pedra negra e pólen amarelo. Ó selvagem formosura, a direção altiva dos teus passos, nos teus olhos a faísca do desafio, mas assim como uma flor é desafiante, com a inteireza de uma terrestre integridade, atulhado como um cacho, inquieto como um descobridor,

seguro
de su débil arrogancia.

Hice mal, al otoño
que comienza
en mi patria,
a las hojas
que ahora desfallecen
y se caen,
al viento Sur, galvánico,
a los árboles duros, a las hojas
que tú no conocías,
te traje,
hice viajar tu orgullo
a otro sol ceniciento
lejos del tuyo quemante
como cítara escarlata,
y cuando
al aeródromo metálico
tu jaula
descendió,
ya no tenías
la majestad del viento,
ya estabas despojado
de la luz cenital que te
cubría,
ya eras
una pluma de la muerte,
y luego,
en mi casa,
fue tu mirada última

certo da sua débil arrogância.

Fiz mal, ao outono que começa na minha pátria, às folhas que agora desfalecem e caem, ao vento Sul, galvânico, às árvores duras, às folhas que tu não conhecias, te trouxe, fiz viajar o teu orgulho a outro sol cinzento longe do teu queimante como cítara escarlate, e quando ao aeródromo metálico a tua gaiola desceu, já não tinhas a majestade do vento, já estavas despojado da luz zenital que te cobria, já eras uma pluma da morte, e logo, na minha casa,

a mi rostro, el reproche
de tu mirada indomable.
Entonces,
con las alas cerradas,
regresaste
a tu cielo,
al corazón extenso,
al fuego verde,
a la tierra encendida,
a las vertientes,
a las enredaderas,
a las frutas,
al aire, a las estrellas,
al sonido secreto
de los desconocidos manantiales,
a la humedad
de las fecundaciones en la selva,
regresaste
a tu origen,
al fulgor amarillo,
al pecho oscuro,
a la tierra y al cielo de tu patria.

foi o teu olhar último ao meu rosto, a censura do teu olhar indomável. Então, com as asas fechadas, regressaste ao teu céu, ao coração extenso, ao fogo verde, à terra acesa, às vertentes, às trepadeiras, às frutas, ao ar, às estrelas ao som secreto dos desconhecidos mananciais, à umidade das fecundações na selva, regressaste à tua origem, ao fulgor amarelo, ao peito escuro, à terra e ao céu da tua pátria.

ODA A RÍO DE JANEIRO

Río de Janeiro, el agua
es tu bandera,
agita tus colores,
sopla y suena en el viento,
ciudad,
náyade negra,
de claridad sin fin,
de hirviente sombra,
de piedra con espuma
es tu tejido,
el lúcido abalance
de tu hamaca marina,
el azul movimiento
de tus pies arenosos,
el encendido ramo
de tus ojos.
Río, Río de Janeiro,
los gigantes
salpicaron tu estatua
con puntos de pimienta,
dejaron
en tu boca
lomos del mar, aletas
turbadoramente tíbias,
promontorios
de la fertilidad, tetas del agua,
declives de granito,
labios de oro,

ODE AO RIO DE JANEIRO

Rio de Janeiro, a água é a tua bandeira, agita as suas cores, sopra e soa no vento, cidade, náiade negra, de claridade sem fim, de fervente sombra, de pedra com espuma é o teu tecido, o lúcido balanço da tua rede marinha, o azul movimento dos teus pés arenosos, o aceso ramo dos teus olhos. Rio, Rio de Janeiro, os gigantes salpicaram a tua estátua com pontos de pimenta [do Reino], deixaram na tua boca lombos do mar, nadadeiras perturbadoramente indolentes, promontórios da fertilidade, tetas da água, declives de granito, lábios de ouro,

y entre la piedra rota
el sol marino
iluminando
espumas estrelladas.

Oh Belleza,
oh ciudadela
de piel fosforescente,
granada
de carne azul, oh diosa
tatuada en sucesivas
olas de ágata negra,
de tu desnuda estatua
sale un aroma de jazmín mojado
por el sudor, un ácido
relente
de cafetales y de fruterías
y poco a poco bajo tu diadema,
entre la duplicada maravilla
de tus senos,
entre cúpula y cúpula
de tu naturaleza
assoma el diente de la desventura,
la cancerosa cola
de la miseria humana,
en los cerros leprosos
el racimo inclemente
de las vidas,
luciérnaga terrible,
esmeralda
extraída

e entre a pedra quebrada o sol marinho iluminando espumas estreladas.

Ó Beleza, ó cidadela de pele fosforescente, romã de carne azul, ó deusa tatuada em sucessivas ondas de ágata negra, da tua nua estátua sai um aroma de jasmim molhado pelo suor, um ácido sereno de cafezais e de quitandas, e pouco a pouco sob o teu diadema, entre a duplicada maravilha dos teus seios, entre cúpula e cúpula da tua natureza, assoma o dente da desventura, a cancerosa fila da miséria humana, nos morros leprosos o cacho inclemente das vidas, vaga-lume terrível, esmeralda extraída

de la sangre,
tu pueblo hacia los límites
de la selva se extiende
y un rumor oprimido,
pasos y sordas voces,
migraciones de hambrientos,
oscuros pies con sangre,
tu pueblo,
más allá de los ríos,
en la densa
amazonia,
olvidado,
en el Norte
de espinas,
olvidado,
con sed en las mesetas,
olvidado,
en los puertos, mordido
por la fiebre,
olvidado,
en la puerta
de la casa donde lo expulsaron,
pidiéndote
una sola mirada,
y olvidado.

En otras tierras,
reinos, naciones,
islas,
la ciudad capital,
la coronada,
fue colmena

do sangue, o teu povo para os limites da selva se estende e um rumor oprimido, passos e surdas vozes, migrações de famintos, escuros pés com sangue, o teu povo, além dos rios, na densa amazônia, esquecido, o Norte de espinhos, esquecido, com sede nas chapadas, esquecido, nos portos mordido pela febre, esquecido, na porta da casa de onde o expulsaram, pedindo a ti um só olhar, e esquecido.

Em outras terras, reinos, nações, ilhas, a cidade capital, a coroada, foi colmeia de trabalhos

de trabajos humanos,
muestra de la desdicha
y del acierto,
hígado de la pobre monarquía,
cocina de la pálida república.
Tú eres el cegador
escaparate
de una sombría noche,
la garganta
cubierta
de aguas marinas
y oro
de un cuerpo
abandonado,
eres
la puerta
delirante
de una casa vacía,
eres
el antiguo pecado,
la salamandra
cruel,
intacta
en el brasero
de los largos dolores de tu pueblo,
eres
Sodoma,
sí,
Sodoma,
deslumbrante,
con un fondo sombrío

humanos, amostra da desgraça e do acerto, fígado da pobre monarquia, cozinha da pálida república. Tu és a ofuscante vitrina de uma sombria noite, a garganta coberta de águas marinhas e ouro de um corpo abandonado, és a porta delirante de uma casa vazia, és o antigo pecado, a salamandra cruel, intacta no braseiro das longas dores do teu povo, és Sodoma, sim, Sodoma, deslumbrante, com um fundo sombrio

de terciopelo verde,
rodeada
de crespa sombra, de aguas
ilimitadas, duermes
en los brazos
de la desconocida
primavera
de un planeta salvaje.
Río, Río de Janeiro,
cuántas cosas
debo decirte. Nombres
que no olvido,
amores
que maduran su perfume,
citas contigo, cuando
de tu pueblo
una ola
agregue a tu diadema
la ternura,
cuando
a tu bandera de aguas
asciendan las estrellas
del hombre,
no del mar,
no del cielo,
cuando
en el esplendor
de tu aureola
yo vea
al negro, al blanco, al hijo
de tu tierra y tu sangre,

de veludo verde, rodeada de crespa sombra, de águas ilimitadas, dormes nos braços da desconhecida primavera de um planeta selvagem. Rio, Rio de Janeiro, quantas coisas devo te dizer. Nomes que não esqueço, amores que amadurecem o seu perfume, encontros contigo, quando do teu povo uma onda agregue ao teu diadema a ternura, quando à tua bandeira de águas ascendam as estrelas do homem, não do mar, não do céu, quando no esplendor da tua auréola eu veja o negro, o branco, o filho da tua terra e do teu sangue,

elevados
hasta la dignidad de tu hermosura,
iguales en tu luz resplandeciente,
propietarios
humildes y orgullosos
del espacio y de la alegría,
entonces, Río de Janeiro,
cuando
alguna vez
para todos tus hijos,
no sólo para algunos,
des tu sonrisa, espuma
de náyade morena,
entonces
yo seré tu poeta,
llegaré con mi lira
a cantar en tu aroma
y dormiré en tu cinta
de platino,
en tu arena
incomparable,
en la frescura azul del abanico
que abrirás en mi sueño
como las alas de uma
gigantesca
mariposa marina.

elevados até a dignidade da tua formosura, iguais na tua luz resplandecente, proprietários humildes e orgulhosos do espaço e da alegria, então, Rio de Janeiro, quando alguma vez para todos os teus filhos, não só para alguns, dês o teu sorriso, espuma de náiade morena, então eu serei o teu poeta, chegarei com a minha lira para cantar no teu aroma e dormirei na tua fita de platina, na tua areia incomparável, na frescura azul do leque que abrirás no meu sonho como as asas de uma gigantesca borboleta marinha.

NUEVAS ODAS ELEMENTALES

(1956)

ODA A LA BELLA DESNUDA

Con casto corazón, con ojos
puros,
te celebro, belleza,
reteniendo la sangre
para que surja y siga
la línea, tu contorno,
para
que te acuestes en mi oda
como en tierra de bosques o en espuma:
en aroma terrestre
o en música marina

Bella desnuda, igual
tus pies arqueados
por un antiguo golpe
del viento o del sonido
que tus orejas,
caracolas mínimas
del espléndido mar americano.
Iguales son tus pechos
de paralela plenitud, colmados
por la luz de la vida,
iguales son
volando
tus párpados de trigo
que descubren
o cierran
dos países profundos en tus ojos.

ODE À BELA NUA

Com casto coração, com olhos puros, te celebro, beleza, retendo o sangue para que surja e siga a linha, o teu contorno, para que te deites na minha ode como em terra de bosques ou em espuma: em aroma terrestre ou em música marinha.

Bela nua, tanto faz teus pés arqueados por uma antiga pancada do vento ou do som, quanto as tuas orelhas, caracóis mínimos do esplêndido mar americano. Iguais são os teus peitos de paralela plenitude, povoados pela luz da vida, iguais são voando as tuas pálpebras de trigo que destampam ou fecham dois países profundos nos teus olhos.

La línea que tu espalda
ha dividido
en pálidas regiones
se pierde y surge
en dos tersas mitades
de manzana
y sigue separando
tu hermosura
en dos columnas
de oro quemado, de alabastro fino,
a perderse en tus pies como en dos uvas,
desde donde otra vez arde y se eleva
el árbol doble de tu simetría,
fuego florido, candelabro abierto,
turgente fruta erguida
sobre el pacto del mar y de la tierra.

Tu cuerpo, en qué materia,
ágata, cuarzo, trigo,
se plasmó, fue subiendo
como el pan se levanta
de la temperatura,
y señaló colinas
plateadas,
valles de un solo pétalo, dulzuras
de profundo terciopelo,
hasta quedar cuajada
la fina y firme forma femenina?

A linha que as tuas costas dividiu em pálidas regiões se perde e surge em duas limpas metades de maçã e continua separando a tua formosura em duas colunas de ouro queimado, de alabastro fino, para se perder nos teus pés como em duas uvas, de onde outra vez arde e se eleva a árvore dupla da tua simetria, fogo florido, candelabro aberto, túmida fruta erguida sobre o pacto do mar e da terra.

O teu corpo, em que matéria, ágata, quartzo, trigo, se plasmou, foi subindo como o pão se levanta do calor, e assinalou colinas prateadas, vales de uma só pétala, doçuras de profundo veludo, até ficar coalhada a fina e firme forma feminina?

No sólo es luz que cae
sobre el mundo
la que alarga en tu cuerpo
su nieve sofocada,
sino que se desprende
de ti la claridad como si fueras
encendida por dentro.

Debajo de tu piel vive la luna.

Não só é luz que cai sobre o mundo a que alonga em teu corpo sua neve sufocada, mas também se desprende de ti a claridade como se fosses acesa por dentro.

Debaixo da tua pele vive a lua.

ODA AL DICCIONARIO

Lomo de buey, pesado
cargador, sistemático
libro espeso:
de joven
te ignoré, me vistió
la suficiencia
y me creí repleto,
y orondo como un
melancólico sapo
dictaminé: "Recibo
las palabras
directamente
del Sinaí bramante.
Reduciré
las formas a la alquimia.
Soy mago."

El gran mago callaba.

El Diccionario,
viejo y pesado, con su chaquetón
de pellejo gastado,
se quedó silencioso
sin mostrar sus probetas.

ODE AO DICIONÁRIO

Lombo de boi, pesado carregador, sistemático livro grosso: quando jovem te ignorei, me vestiu a suficiência e me acreditei repleto, e inchado como um melancólico sapo conclui: "Recebo as palavras diretamente do Sinai bramante. Reduzirei as formas à alquimia. Sou mágico."

O grande mágico se calava.

O Dicionário, velho e pesado, com o seu jaquetão de couro gasto, ficou silencioso sem mostrar as suas provetas.

Pero un dia,
después de haberlo usado
y desusado,
después
de declararlo
inútil y anacrónico camello,
cuando por largos meses, sin protesta,
me sirvió de sillón
y de almohada,
se rebeló y plantándose
en mi puerta
creció, movió sus hojas
y sus nidos,
movió la elevación de su follaje:
árbol
era,
natural,
generoso
manzano, manzanar o manzanero,
y las palabras
brillaban en su copa inagotable,
opacas o sonoras,
fecundas en la fronda del lenguaje,
cargadas de verdad y de sonido.

Mas um dia, depois de tê-lo usado e desusado, depois de declará-lo inútil e anacrônico camelo, quando longos meses, sem protesto, me serviu de poltrona e de travesseiro, rebelou-se e se plantando na minha porta cresceu, movimentou as suas folhas e os seus ninhos, moveu a elevação da sua folhagem; árvore era, natural, generosa *manzano, manzanar ou manzanero*, e as palavras brilhavam na sua taça inesgotável, opacas ou sonoras, fecundas nas ramas da linguagem, carregadas de verdade e de som.

Aparto una
sola de
sus
páginas:
Caporal
Capuchón
qué maravilla
pronunciar estas sílabas
con aire,
y más abajo
Cápsula
hueca, esperando aceite o ambrocía
y junto a ellas
Captura Capucete Capuchina
Capratio Captatorio
palabras
que se deslizan como suaves uvas
o que a la luz estallan
como gérmenes ciegos que esperaron
en las bodegas del vocabulario
y viven otra vez y dan la vida:
una vez más el corazón las quema.

Diccionario, no eres
tumba, sepulcro, féretro,
túmulo, mausoleo,
sino preservación,
fuego escondido,
plantación de rubíes,
perpetuidad viviente
de la esencia,

Separo uma só das suas páginas: *Caporal, Capuchón*, que maravilha pronunciar estas sílabas com fôlego, e mais abaixo *Cápsula*, oca, esperando azeite ou ambrosia, e junto a elas *Captura Capucete Capuchina Capracio Captatorio*, palavras que deslizam como suaves uvas ou que à luz estalam como germes cegos que esperaram nas adegas do vocabulário e vivem outra vez e dão a vida: uma vez mais o coração as queima.

Dicionário, não és tumba, sepulcro, féretro, túmulo, mausoléu, mas preservação, fogo escondido, plantação de rubis, perpetuidade viva da essência,

granero del idioma.
Y es hermoso
recoger en tus filas
la palabra
de estirpe,
la severa
y olvidada
sentencia,
hija de España,
endurecida
como reja de arado,
fija en su límite
de anticuada herramienta,
preservada
con su hermosura exacta
y su dureza de medalla.
O la otra
palabra
que allí vimos perdida
entre renglones
y que de pronto
se hizo sabrosa y lisa en nuestra boca
como una almendra
o tierna como un higo.

celeiro do idioma. E é bonito recolher nas tuas filas a palavra de estirpe, a severa e esquecida sentença, filha da Espanha, endurecida como grade de arado, fixa no seu limite de antiquada ferramenta, preservada com a sua formosura exata e a sua dureza de medalha. Ou a outra palavra que ali vimos perdida entre linhas e que de repente se fez saborosa e lisa na nossa boca como uma amêndoa ou macia como um figo.

Diccionario, una mano
de tus mil manos, una
de tus mil esmeraldas,
una
sola
gota
de tus vertientes virginales,
un grano
de
tus
magnánimos graneros
en el momento
justo
a mis labios conduce,
al hilo de mi pluma,
a mi tintero.
De tu espesa y sonora
profundidad de selva,
dame,
cuando lo necesite,
un solo trino, el lujo
de una abeja,
un fragmento caído
de tu antigua madera perfumada
por una eternidade de jazmineros,
una
sílaba,
un temblor, un sonido,
una semilla:
de tierra soy y con palabras canto.

Dicionário, uma mão das tuas mil mãos, uma das tuas mil esmeraldas, uma só gota das tuas vertentes virginais, um grão dos teus magnânimos celeiros no momento justo aos meus lábios conduz, ao fio da minha pena, ao meu tinteiro. Da tua espessa e sonora profundidade de selva, dá-me, quando o necessite, um só trinado, o luxo de uma abelha, um fragmento caído da tua antiga madeira perfumada por uma eternidade de jasmineiros, uma sílaba, um tremor, um som, uma semente: de terra sou e com palavras canto.

TERCER LIBRO DE LAS ODAS

(1957)

ODA AL BUZO

Salió el hombre de goma
de los mares.
Sentado
parecía
rey
redondo
del agua,
pulpo
secreto
y gordo,
talle
tronchado
de invisible alga.

Del oceánico bote
bajaron
pescadores
harapientos,
morados
por la noche
en el océano,
bajaron
levantando
largos peces fosfóricos
como
fuego voltaico,
los erizos cayendo
amontonaron

ODE AO ESCAFANDRISTA

Saiu o homem de borracha dos mares. Sentado parecia rei redondo da água, polvo secreto e gordo, talhe arrancado de invisível alga.

Do oceânico bote desceram pescadores esfarrapados, arroxeados pela noite no oceano, desceram erguendo longos peixes fosfóricos como fogo voltaico, os ouriços caindo amontoaram

sobre las arenas
el rencor quebradizo
de sus púas.

El hombre
submarino
sacó sus grandes piernas,
torpemente
tambaleó entre intestinos
horribles de pescado.
Las gaviotas cortaban
el aire libre con
sus veloces tijeras,
y el buzo
como un ebrio
caminaba
en la playa,
torpe
y hosco,
enfundado
no sólo
en su vestido de cetáceo,
sino aún
medio mar
y medio tierra,
sin saber cómo
dirigir los inmensos
pies de goma.

sobre as areias o rancor quebradiço das suas puas.

O homem submarino tirou as suas grandes pernas, desajeitadamente cambaleou entre intestinos horríveis de peixe. As gaivotas cortavam o ar livre com as suas velozes tesouras, e o escafandrista como um bêbado caminhava na praia, sem jeito e enfarruscado, metido não só no seu traje de cetáceo, mas ainda meio mar e meio terra, sem saber como dirigir os imensos pés de borracha.

Allí estaba naciendo.
Se desprendió
del mar
como del útero,
inocente,
y era sombrío, débil
y salvaje,
como
un
recién
nacido.
Cada vez
le tocaba
nacer
para las aguas
o la arena.
Cada día
bajando
de la proa
a las crueles
corrientes,
al frío
del Pacífico
chileno,
el buzo
tenía
que nacer,
hacerse
monstruo,
sombra,
avanzar

Ali estava nascendo. Desprendeu-se do mar como do útero, inocente, e era sombrio, débil e selvagem, como um recém-nascido. Cada vez lhe era preciso nascer para as águas ou a areia. Cada dia descendo da proa às cruéis correntes, ao frio do Pacífico chileno, o escafandrista tinha que nascer, fazer-se monstro, sombra, avançar

con cautela,
aprender
a moverse
con lentitud
de luna
submarina,
tener
apenas
pensamientos
de agua,
recoger
los hostiles
frutos, estalactitas
o tesoros
de la profunda soledad
de aquellos
mojados
cementerios,
como si recogiera
coliflores,
y cuando como un globo
de aire negro
subía
hacia
la luz, hacia
su Mercedes,
su Clara, su Rosaura,
era difícil
andar,
pensar, comer
de nuevo.

com cautela, aprender a mover-se com lentidão de lua submarina, ter apenas pensamentos de água, recolher os hostis frutos, estalactites, ou tesouros da profunda solidão daqueles molhados cemitérios, como se colhesse couves-flores, e quando como um globo de ar negro subia para a luz, para a sua Mercedes, a sua Clara, a sua Rosaura, era difícil andar, pensar, comer de novo.

Todo
era comienzo
para
aquel hombre tan grande
todavía inconcluso,
tambaleante
entre la oscuridad
de dos abismos.

Como todas las cosas
que aprendí
en mi existencia,
viéndolas, conociendo,
aprendí que ser buzo
es un oficio
difícil? No!
Infinito.

Tudo era começo para aquele homem tão grande ainda inconcluso, cambaleante entre a escuridão dos abismos.

Como todas as coisas que aprendi na minha existência, vendo-as, conhecendo, aprendi que ser escafandrista é um ofício difícil? Não! Infinito.

ODA A LA LUZ MARINA

Otra vez, espaciosa
luz marina
cayendo de los cántaros
del cielo,
subiendo de la espuma,
de la arena,
luz agitada sobre
la extensión del océano,
como un
combate de cuchillos
y relámpagos,
luz de la sal caliente,
luz del cielo
elevado
como torre del mar sobre las aguas.

Dónde
están las tristezas?

El pecho se abre
convertido
en rama,
la luz sacude
en nuestro
corazón
sus amapolas,
brillan

ODE À LUZ MARINHA

Outra vez, espaçosa luz marinha caindo dos cântaros do céu, subindo da espuma, da areia, luz agitada sobre a extensão do oceano, como um combate de facas e relâmpagos, luz do sol quente, luz do céu elevado como torre do mar sobre as águas.
Onde estão as tristezas?

O peito se abre convertido em ramagem, a luz sacode no nosso coração as suas papoulas, brilham

en el día del mar
las cosas
puras,
las piedras
visitadas
por la ola,
los fragmentos
vencidos
de botellas,
vidrios
del agua,
suaves,
alisados
por sus dedos
de estrella.
Brillan
los
cuerpos
de los hombres salobres,
de las mujeres
verdes,
de los niños
como algas,
como
peces que saltan
en el cielo,
y cuando
una ventana
clausurada, un traje,
un monte oscuro,
se atreven

no dia do mar as coisas puras, as pedras visitadas pela onda, os fragmentos vencidos de garrafas, vidros da água, suaves, alisados pelos seus dedos de estrela. Brilham os corpos dos homens salobres, das mulheres verdes, das crianças como algas, como peixes que pulam no céu, e quando uma janela trancada, uma roupa, um monte escuro, se atrevem

a competir
manchando la blancura,
llega la claridad a borbotones,
la luz
extiende sus mangueras
y ataca la insolente
sombra
con brazos blancos,
con manteles,
con talco y olas de oro,
con estupenda espuma,
con carros de azucena.

Poderío
de la luz madurando en el espacio,
ola que nos traspasa
sin mojarnos, cadera
del universo,
rosa
renacedora, renacida:
abre
cada día tus pétalos,
tus párpados,
que la velocidad de tu pureza
extienda nuestros ojos
y nos enseñe a ver ola por ola
el mar
y flor a flor la tierra.

a competir manchando a brancura, chega a claridade aos borbotões, a luz estende as suas mangueiras e ataca a insolente sombra com braços brancos, com toalhas de mesa, com talco e ondas de ouro, com estupenda espuma, com carros de açucena.

Poderio da luz amadurecendo no espaço, onda que nos transpassa sem nos molhar, anca do universo, rosa renascedora, renascida: abre cada dia as tuas pétalas, as tuas pálpebras, que a velocidade da tua pureza estenda os nossos olhos e nos ensine a ver onda por onda o mar, e flor a flor a terra.

ODA A LAS TIJERAS

Prodigiosas
tijeras
(parecidas
a pájaros,
a peces),
bruñidas sois como las armaduras
de la caballería.

De dos cuchillos largos
y alevosos,
casados y cruzados
para siempre,
de dos
pequeños ríos
amarrados,
resultó una cortante criatura,
un pez que nada en tempestuosos lienzos,
un pájaro que vuela
en
las peluquerías.

Tijeras
olorosas
a
mano
de la tía
costurera,
cuando con su metálico
ojo blanco

ODE À TESOURA

Prodigiosa tesoura (parecida com os pássaros, com os peixes), polida és como as armaduras da cavalaria.

De duas facas compridas e pérfidas, casadas e cruzadas para sempre, de dois pequenos rios amarrados, resultou uma cortante criatura, um peixe que nada em tempestuosos tecidos, um pássaro que voa nas barbearias.

Tesoura cheirosa na mão da tia costureira, quando com o seu metálico olho branco espreitou

miraron
nuestra
arrinconada
infancia
contando
a los vecinos
nuestros robos de besos y ciruelas.

Allí
en la casa
y dentro de su nido
las tijeras cruzaron
nuestras vidas
y luego
cuánta
tela
cortaron y cortaron
para novias y muertos,
para recién nacidos y hospitales
cortaron
y cortaron,
y el pelo
campesino
duro
como planta en la piedra,
y las banderas
que luego
fuego y sangre
mancharon y horadaron,
y el tallo
de las viñas en invierno,

a nossa secreta infância contando aos vizinhos os nossos roubos de beijos e ameixas.

Ali em casa e dentro do seu ninho a tesoura cruzou as nossas vidas e logo quanta fazenda cortou e cortou para noivas e mortos, para recém-nascidos e hospitais, cortou e cortou, e o cabelo camponês duro como planta na pedra, e as bandeiras que logo fogo e sangue mancharam e furaram, e o talo das videiras no inverno,

el hilo
de la
voz
en el teléfono.

Unas tijeras olvidadas
cortaron en tu ombligo
el hilo
de la madre
y te entregaron para siempre
tu separada parte de existencia:
otras, no necessariamente
oscuras,
cortarán algún día
tu traje de difunto.

Las tijeras
fueron
a todas partes:
exploraron
el mundo
cortando
por igual
alegría
y tristeza:
todo fue paño
para las tijeras:
titánicas
tijeras
de sastrería,
bellas como cruceros,
minúsculas

o fio da voz no telefone.

Uma tesoura esquecida cortou no teu umbigo o cordão de tua mãe e te entregou para sempre a tua parte separada de existência: outra, não necessariamente escura, cortará algum dia o teu terno de defunto.

A tesoura foi a todas as partes: explorou o mundo cortando por igual alegria e tristeza: tudo foi pano para a tesoura: titânica tesoura de alfaiataria, bela como um cruzeiro, minúscula

que cortan uñas
dándoles forma de menguante luna,
delgadas,
submarinas tijeras
del cirujano
que cortan el enredo
o el nudo equivocado en tu intestino.

Y aquí con las tijeras
de la razón
corto mi oda,
para que no se alargue y no se encrespe,
para que
pueda
caber en tu bolsillo
plegada y preparada]como
un par
de tijeras.

que corta unhas dando-lhes forma de minguante lua, delgada, submarina tesoura de cirurgião que corta o embaraço ou o nó equivocado no teu intestino.

E aqui com a tesoura da razão corto a minha ode, para que não se alongue e não se zangue, para que possa caber no teu bolso dobrada e preparada como uma tesoura.

ESTRAVAGARIO

(1958)

FÁBULA DE LA SIRENA Y LOS BORRACHOS

Todos estos señores estaban dentro
cuando ella entró completamente desnuda
ellos habían bebido y comenzaron a escupirla
ella no entendía nada recién salía del río
era una sirena que se había extraviado
los insultos corrían sobre su carne lisa
la inmundicia cubrió sus pechos de oro
ella no sabía llorar por eso no lloraba
no sabía vestirse por eso no se vestía
la tatuaron con cigarrillos y con corchos quemados
y reían hasta caer al suelo de la taberna
ella no hablaba porque no sabía hablar
sus ojos eran color de amor distante
sus brazos construídos de topacios gemelos
sus labios se cortaron en la luz del coral
y de pronto salió por esa puerta
apenas entró al río quedó limpia
relució como una piedra blanca en la lluvia
y sin mirar atrás nadó de nuevo
nadó hacia nunca más hacia morir.

FÁBULA DA SEREIA E OS BÊBADOS

Todos estes senhores estavam lá dentro quando ela entrou completamente nua, eles tinham bebido e começaram a cuspir nela, ela não entendia nada, acabava de sair do rio, era uma sereia que se havia extraviado, os insultos corriam sobre a sua carne lisa, a imundície cobriu os seus peitos de ouro, ela não sabia chorar por isso não chorava, não sabia se vestir por isso não se vestia, tatuaram-na com cigarros e com rolhas queimadas e riam até cair no chão da taberna, ela não falava porque não sabia falar, seus olhos eram da cor de amor distante, seus braços construídos de topázios gêmeos, seus lábios se cortaram na luz do coral, e de repente saiu por essa porta, mal entrou no rio ficou limpa, reluziu como uma pedra branca na chuva e sem olhar para trás nadou de novo, nadou até nunca mais, até morrer.

AQUÍ VIVIMOS

Yo soy de los que viven
a medio mar y cerca del crepúsculo,
más allá de esas piedras.

Cuando yo vine
y vi lo que pasaba
me decidí de pronto.

El día ya se había repartido,
ya era todo de luz
y el mar peleaba
como un león de sal,
con muchas manos.

La soledad abierta allí cantaba,
y yo, perdido y puro,
mirando hacia el silencio
abrí la boca, dije:
"Oh madre de la espuma,
soledad espaciosa,
fundaré aquí mi propio regocijo,
mi singular lamento."

AQUI VIVEMOS

Eu sou dos que vivem a meio mar e perto do crepúsculo, além dessas pedras.
Quando eu vim e vi o que acontecia me decidi logo.

O dia já se havia repartido, já era todo de luz e o mar lutava como um leão de sal, com muitas mãos.

A solidão aberta ali cantava, e eu, perdido e puro, olhando para o silêncio, abri a boca, disse: "Ó mãe da espuma, solidão espaçosa, fundarei aqui o meu próprio regozijo, o meu singular lamento."

Desde entonces jamás
me defraudó una ola,
siempre encontré sabor central de cielo
en el agua, en la tierra,
y la leña y el mar ardieron juntos
durante los solitarios inviernos.

Gracias doy a la tierra
por haberme
esperado
a la hora en que el cielo y el océano
se unen como dos labios,
porque no es poco, no es así? haber vivido
en una soledad y haber llegado a otra,
sentirse multitud y revivirse solo.

Amo todas las cosas,
y entre todos los fuegos
sólo el amor no gasta,
por eso voy de vida en vida,
de guitarra en guitarra,
y no le tengo miedo
a la luz ni a la sombra,
y porque casi soy de tierra pura
tengo cucharas para el infinito.

Desde então jamais me enganou uma onda, sempre encontrei sabor central de céu na água, na terra, e a lenha e o mar arderam juntos durante os solitários invernos.

Graças dou à terra por me ter esperado na hora em que o céu e o oceano se unem como dois lábios, porque não é pouco, não é assim? ter vivido numa solidão e ter chegado a outra, sentir-se multidão e reviver-se só.

Amo todas as coisas, e entre todos os fogos só o amor não gasta, por isso vou de vida em vida, de guitarra em guitarra, e não tenho medo da luz nem da sombra, e porque quase sou de terra pura tenho colheres para o infinito.

Así, pues, nadie puede equivocarse
no hallar mi casa sin puertas ni número,
allí entre las piedras oscuras
frente al destello
de la sal violenta,
allí vivimos mi mujer y yo,
allí nos quedaremos.
Auxilio, auxilio! Ayuden!
Ayúdennos a ser más tierra cada día!
Ayúdennos a ser
más espuma sagrada, más aire de la ola!

Assim pois ninguém pode se equivocar, não encontrar a minha casa sem portas nem número, ali entre as pedras escuras diante do brilho do sal violento, ali vivemos minha mulher e eu, ali ficaremos. Auxílio, auxílio! Ajudem! Ajudem-nos a ser mais terra cada dia! Ajudem-nos a ser mais espuma sagrada, mais ar da onda!

NAVEGACIONES Y REGRESOS

(1959)

ODA AL GATO

Los animales fueron
imperfectos,
largos de cola, tristes
de cabeza.
Poco a poco se fueron
componiendo,
haciéndose paisaje,
adquiriendo lunares, gracia, vuelo.
El gato,
sólo el gato
apareció completo
y orgulloso:
nació completamente terminado,
camina solo y sabe lo que quiere.

El hombre quiere ser pescado y pájaro
la serpiente quisiera tener alas,
el perro es un león desorientado,
el ingeniero quiere ser poeta,
la mosca estudia para golondrina,
el poeta trata de imitar la mosca,
pero el gato
quiere ser sólo gato
y todo gato es gato
desde bigote a cola,
desde presentimiento a rata viva,
desde la noche hasta sus ojos de oro.

ODE AO GATO

Os animais foram imperfeitos, compridos de rabo, tristes de cabeça. Pouco a pouco se foram compondo, fazendo-se paisagem, adquirindo pintas, graça, voo. O gato, só o gato apareceu completo e orgulhoso: nasceu completamente terminado, anda sozinho e sabe o que quer.

O homem quer ser peixe e pássaro, a serpente quisera ter asas, o cachorro é um leão desorientado, o engenheiro quer ser poeta, a mosca estuda para andorinha, o poeta trata de imitar a mosca, mas o gato quer ser só gato e todo gato é gato do bigode ao rabo, do pressentimento à ratazana viva, da noite até os seus olhos de ouro.

No hay unidad
como él,
no tiene
la luna ni la flor
tal contextura:
es una sola cosa
como el sol o el topacio,
y la elástica línea en su contorno
firme y sutil es como
la línea de la proa de una nave.
Sus ojos amarillos
dejaron una sola
ranura
para echar las monedas de la noche.

Oh pequeño
emperador sin orbe,
conquistador sin patria,
mínimo tigre de salón, nupcial
sultán del cielo
de las tejas eróticas,
el viento del amor
en la intemperie
reclamas
cuando pasas
y posas
cuatro pies delicados
en el suelo,
oliendo,
desconfiando

Não há unidade como ele, não tem a lua nem a flor tal contextura: é uma coisa só como o sol ou o topázio, e a elástica linha em seu contorno firme e sutil é como a linha da proa de uma nave. Os seus olhos amarelos deixaram uma só ranhura para jogar as moedas da noite.

Ó pequeno imperador sem orbe, conquistador sem pátria, mínimo tigre de salão, nupcial sultão do céu das telhas eróticas, o vento do amor na intempérie reclamas quando passas e pousas quatro pés delicados no solo, cheirando, desconfiando

de todo lo terrestre,
porque todo
es inmundo
para el inmaculado pie del gato.

Oh fiera independiente
de la casa, arrogante
vestígio de la noche,
perezoso, gimnástico
y ajeno,
profundísimo gato,
policía secreta
de las habitaciones,
insignia
de un
desaparecido terciopelo,
seguramente no hay
enigma
en tu manera,
tal vez no eres misterio,
todo el mundo te sabe y perteneces
al habitante menos misterioso,
tal vez todos lo creen, todos se creen
dueños, propietarios, tíos,
de gatos, compañeros,
colegas,
discípulos o amigos
de su gato.

de todo o terrestre, porque tudo é imundo para o imaculado pé do gato.

Ó fera independente da casa, arrogante vestígio da noite, preguiçoso, ginástico e alheio, profundíssimo gato, polícia secreta dos quartos, insígnia de um desaparecido veludo, certamente não há enigma na tua maneira, talvez não sejas mistério, todo o mundo sabe de ti e pertences ao habitante menos misterioso, talvez todos acreditem, todos se acreditem donos, proprietários, tios de gatos, companheiros, colegas, discípulos ou amigos do seu gato.

Yo no.
Yo no suscribo.
Yo no conozco al gato.
Todo lo sé, la vida y su archipiélago,
el mar y la ciudad incalculable,
la botánica,
el gineceo con sus extravíos,
el por y el menos de la matemática,
los embudos volcánicos del mundo,
la cáscara irreal del cocodrilo,
la bondad ignorada del bombero,
el atavismo azul del sacerdote,
pero no puedo descifrar un gato.
Mi razón resbaló en su indiferencia,
sus ojos tienen números de oro.

Eu não. Eu não subscrevo. Eu não conheço o gato. Tudo sei, a vida e o seu arquipélago, o mar e a cidade incalculável, a botânica, o gineceu com os seus extravios, o pôr e o menos da matemática, os funis vulcânicos do mundo, a casca irreal do crocodilo, a bondade ignorada do bombeiro, o atavismo azul do sacerdote, mas não posso decifrar um gato. Minha razão resvalou na sua indiferença, os seus olhos têm números de ouro.

CIEN SONETOS DE AMOR

(1959)

*MAÑANA**

XXIX

Vienes de la pobreza de las casas del Sur,
de las regiones duras con frío y terremoto
que cuando hasta sus dioses rodaron a la muerte
nos dieron la lección de la vida en la greda.

Eres un caballito de greda negra, un beso
de barro oscuro, amor, amapola de greda,
paloma del crepúsculo que voló en los caminos,
alcancía con lágrimas de nuestra pobre infancia.

Muchacha, has conservado tu corazón de pobre,
tus pies de pobre acostumbrados a las piedras,
tu boca que no siempre tuvo pan o delicia.

Eres del pobre Sur, de donde viene mi alma:
en su cielo tu madre sigue lavando ropa
con mi madre. Por eso te escogí, compañera.

* O volume está dividido em quatro seções respectivamente: "Mañana", "Medio día", "Tarde" e "Noche".

MANHÃ

XXIX

Vens da pobreza das casas do Sul, das regiões duras com frio e terremoto que quando até os seus deuses rolaram para a morte nos deram a lição da vida na greda.

És um cavalinho de argila negra, um beijo de barro escuro, amor, papoula de argila, pomba do crepúsculo que voou nos caminhos, cofre com lágrimas da nossa pobre infância.

Moça, conservaste o teu coração de pobre, os teus pés de pobre acostumados às pedras, a tua boca que nem sempre teve pão ou delícia.

És do pobre Sul, de onde vem a minha alma: no seu céu a tua mãe continua lavando roupa com a minha mãe. Por isso te escolhi, companheira.

TARDE

LXVIII
(Mascarón de proa)

La niña de madera no llegó caminando:
allí de pronto estuvo sentada en los ladrillos,
viejas flores del mar cubrían su cabeza,
su mirada tenía tristeza de raíces.

Allí quedó mirando nuestras vidas abiertas,
el ir y ser y andar y volver por la tierra,
el día destiñendo sus pétalos graduales.
Vigilaba sin vernos la niña de madera.

La niña coronada por las antiguas olas,
allí miraba con sus ojos derrotados:
sabía que vivimos en una red remota

de tiempo y agua y olas y sonidos y lluvia,
sin saber si existimos o si somos su sueño.
Ésta es la historia de la muchacha de madera.

TARDE

LXVIII
(Carranca de proa)

A menina de madeira não chegou caminhando: ali logo esteve sentada nos tijolos, velhas flores do mar cobriam a sua cabeça, o seu olhar tinha tristeza de raízes.
Ali ficou olhando as nossas vidas abertas, o ir e ser e andar e voltar pela terra, o dia descolorindo as suas pétalas graduais. Vigiava sem nos ver a menina de madeira.
A menina coroada pelas antigas ondas, ali olhava com os seus olhos derrotados: sabia que vivemos numa rede remota
de tempo e água e ondas e sons e chuva, sem saber se existimos ou se somos o seu sonho. Esta é a história da moça de madeira.

LXIX

Tal vez no ser es ser sin que tú seas,
sin que vayas cortando el mediodía
como una flor azul, sin que camines
más tarde por la niebla y los ladrillos,

sin esa luz que llevas en la mano
que tal vez otros no verán dorada,
que tal vez nadie supo que crecía
como el origen rojo de la rosa,

sin que seas, en fin, sin que vinieras
brusca, incitante, a conocer mi vida,
ráfaga de rosal, trigo del viento,

y desde entonces soy porque tú eres,
y desde entonces eres, soy y somos,
y por amor seré, serás, seremos.

LXIX

Talvez não ser é ser sem que tu sejas, sem que vás cortando o meio-dia como uma flor azul, sem que caminhes mais tarde pela névoa e pelos tijolos,

sem essa luz que levas na mão que talvez outros não verão dourada, que talvez ninguém soube que crescia como a origem vermelha da rosa,

sem que sejas, enfim, sem que viesses brusca, incitante, conhecer a minha vida, rajada de roseira, trigo do vento,

e desde então sou porque tu és, e desde então és, sou e somos, e por amor serei, serás, seremos.

CANTOS CERIMONIALES

(1961)

LAUTRÉAMONT RECONQUISTADO

III

Americano! Pequeño potro pálido
de las praderas! Hijo
de la luna uruguaya!
Escribiste a caballo, galopando
entre la dura hierba y el olor a camino,
a soledad, a noche y herraduras!
Cada uno
de tus cantos fue un lazo,
y Maldoror sentado sobre las calaveras
de las vacas
escribe con su lazo,
es tarde, es una pieza de hotel, la muerte ronda.
Maldoror con su lazo,
escribe que te escribe su larga carta roja.
La vidalita de Maldoror, hacia el Oeste,
las guitarras sin rumbo, cerca del Paraná,
terrenos bajos, el misterioso crepúsculo cayó
como una paletada de sangre sobre la tierra,
las grandes aves carnívoras se despliegan,
sube del Uruguay la noche con sus uvas.
Era tarde, un temblor unánime de ranas,
los insectos metálicos atormentan el cielo,
mientras la inmensa luna se desnuda en la pampa
extendiendo en el frío su sábana amarilla.

LAUTRÉAMONT RECONQUISTADO

III

Americano! Pequeno potro pálido das pradarias! Filho da lua uruguaia! Escreveste a cavalo, galopando entre o capim duro e o cheiro de estrada, de solidão, de noite e ferraduras! Cada um dos teus cantos foi um laço, e Maldoror sentado sobre as caveiras das vacas escreve com o seu laço, é tarde, é um quarto de hotel, a morte ronda. Maldoror com o seu laço, escreve que escreve a sua longa carta vermelha. A *vidalita* [canção popular argentina] de Maldoror, em direção ao Oeste, as guitarras sem rumo, perto do rio Paraná, terrenos baixos, o misterioso crepúsculo caiu como uma pincelada de sangue sobre a terra, as grandes aves carnívoras se desdobram, sobe do Uruguai a noite com as suas uvas. Era tarde, um tremor unânime de rãs, os insetos metálicos atormentam o céu, enquanto a imensa lua se despe no pampa, estendendo no frio o seu lençol amarelo.

IV

El falso cruel de noche prueba sus uñas falsas,
de sus cándidos ojos hace dos agujeros,
con terciopelo negro su razón enmascara,
con un aullido apaga su inclinación celeste.

El sapo de París, la bestia blanda
de la ciudad inmunda lo sigue paso a paso,
lo espera y abre las puertas de su hocico:
el pequeño Ducasse ha sido devorado.

El ataúd delgado parece que llevara
un violín o un pequeño cadáver de gaviota,
son los mínimos huesos del joven desdichado,
y nadie ve pasar el carro que lo lleva,
porque en este ataúd continúa el destierro,
el desterrado sigue desterrado en la muerte.

Entonces escogió la Commune y en las calles
sangrientas, Lautréamont, delgada torre roja,
amparó con su llama la cólera del pueblo,
recogió las banderas del amor derrotado
y en las masacres Maldoror no cayó,
su pecho transparente recibió la metralla
sin que una sola gota de sangre delatara
que el fantasma se había ido volando
y que aquella masacre le devolvía el mundo:
Maldoror reconocía a sus hermanos.

IV

O falso cruel de noite prova as suas unhas falsas, dos seus cândidos olhos faz dois buracos, com veludo negro a sua razão mascara, com um uivo apaga a sua inclinação celeste.

O sapo de Paris, a besta mole da cidade imunda o segue passo a passo, espera-o e abre as portas do seu focinho: o pequeno Ducasse foi devorado.

O ataúde magro parece que levaria um violino ou um pequeno cadáver de gaivota, são os mínimos ossos do jovem desgraçado, e ninguém vê passar o carro que o leva, porque neste ataúde continua o exílio, o desterrado continua desterrado na morte.

Então escolheu a Commune e nas ruas sangrentas, Lautréamont, fina torre vermelha, amparou com a sua chama a cólera do povo, recolheu as bandeiras do amor derrotado e nos massacres Maldoror não caiu, seu peito transparente recebeu a metralha sem que uma só gota de sangue delatasse que o fantasma tinha ido embora voando e que aquele massacre lhe devolvia o mundo: Maldoror reconhecia os seus irmãos.

Pero antes de morir volvió su rostro duro
y tocó el pan, acarició la rosa,
soy, dijo, el defensor esencial de la abeja,
sólo de claridad debe vivir el hombre.

Mas antes de morrer virou o seu rosto duro e tocou o pão, acariciou a rosa, sou, disse, o defensor essencial da abelha, só de claridade deve viver o homem.

MEMORIAL DE ISLA NEGRA

(1964)

I. DONDE NACE LA LLUVIA

PRIMER VIAJE

No sé cuándo llegamos a Temuco.
Fue impreciso nacer y fue tardío
nacer de veras, lento,
y palpar, conocer, odiar, amar,
todo esto tiene flor y tiene espinas.
Del pecho polvoriento de mi patria
me llevaron sin habla
hasta la lluvia de la Araucanía.
Las tablas de la casa
olían a bosque,
a selva pura.
Desde entonces mi amor
fue maderero
y lo que toco se convierte en bosque.
Se me confunden
los ojos y las hojas,
ciertas mujeres con la primavera
del avellano, el hombre con el árbol,
amo el mundo del viento y del follaje,
no distingo entre labios y raíces.

I. ONDE NASCE A CHUVA

PRIMEIRA VIAGEM

Não sei quando chegamos a Temuco. Foi impreciso nascer e foi tardio nascer de verdade, lento, e apalpar, conhecer, odiar, amar, tudo isto tem flor e tem espinhos. Do peito poeirento da minha pátria me levaram sem fala até a chuva da Araucânia. As tábuas da casa cheiravam a bosque, a selva pura. Desde então o meu amor foi madeireiro e o que toco se converte em bosque. Confundem-se para mim os olhos e as folhas, certas mulheres com a primavera da aveleira, o homem com a árvore, amo o mundo do vento e da folhagem, não distingo entre lábios e raízes.

Del hacha y de la lluvia fue creciendo
la ciudad maderera
recién cortada como
nueva estrella con gotas de resina,
y el serrucho y la sierra
se amaban noche y día
cantando,
trabajando,
y ese sonido agudo de cigarra
levantando un lamento
en la obstinada soledad, regresa
al propio canto mío:
mi corazón sigue cortando el bosque,
cantando con las sierras en la lluvia,
moliendo frío y aserrín y aroma.

Do machado e da chuva foi crescendo a cidade madeireira recém-cortada como nova estrela com gotas de resina, e o serrote e a serra se amavam noite e dia cantando, trabalhando, e esse som agudo de cigarra levantando um lamento na obstinada solidão, regressa ao próprio canto meu: o meu coração continua cortando o bosque, cantando com as serras na chuva, moendo frio e serragem e aroma.

LA MAMADRE

La mamadre viene por ahí,
con zuecos de madera. Anoche
sopló el viento del polo, se rompieron
los tejados, se cayeron
los muros y los puentes,
aulló la noche entera con sus pumas,
y ahora, en la mañana
de sol helado, llega
mi mamadre doña
Trinidad Marverde,
dulce como la tímida frescura
del sol en las regiones tempestuosas,
lamparita
menuda y apagándose,
encendiéndose
para que todos vean el camino.

Oh dulce mamadre
— nunca pude
decir madrastra —,
ahora
mi boca tiembla para definirte,
porque apenas
abrí el entendimiento
la bondad vestida de pobre trapo oscuro,
la santidad más útil:
la del agua y la harina,
y eso fuiste: la vida te hizo pan

MAMÃE

Mamãe vem aí, com tamancos de madeira. Esta noite soprou o vento do polo, quebraram-se os telhados, caíram os muros e as pontes, uivou a noite inteira com os seus pumas, e agora, na manhã de sol gelado, chega a minha mamãe dona Trindade Marverde, doce como a tímida frescura do sol nas regiões tempestuosas, lampadazinha miúda e se apagando, se acendendo para que todos vejam o caminho.

Ó doce mamãe — nunca pude dizer madrasta —, agora a minha boca treme para te definir, porque mal abri o entendimento vi a bondade vestida de pobre trapo escuro, a santidade mais útil: a da água e da farinha, e isso foste: a vida te fez pão

y allí te consumimos,
invierno largo a invierno desolado
con las goteras dentro
de la casa
y tu humildad ubicua
desgranando
el áspero
cereal de la pobreza
como si hubieras ido
repartiendo
un río de diamantes.

Ay mamá, cómo pude
vivir sin recordarte
cada minuto mío?
No es posible. Yo llevo
tu Marverde en mi sangre,
el apellido
del pan que se reparte
de aquellas
dulces manos
que cortaron del saco de la harina
los calzoncillos de mi infancia,
de la que cocinó, planchó, lavó,
sembró, calmó la fiebre,
y cuando todo estuvo hecho,
y ya podía
yo sostenerme con los pies seguros,
se fue, cumplida, oscura
al pequeño ataúd
donde por vez primera estuvo ociosa
bajo la dura lluvia de Temuco.

e ali te consumimos, inverno longo a inverno desolado com as goteiras dentro da casa e a tua humildade onipresente debulhando o áspero cereal da pobreza como se tivesse estado repartindo um rio de diamantes.

Ai mamãe, como pude viver sem te recordar em cada minuto meu? Não é possível. Eu levo o teu Marverde no meu sangue, o sobrenome do pão que se reparte, daquelas doces mãos que cortaram do saco de farinha os calções da minha infância, da que cozinhou, passou, lavou, semeou, curou a febre, e quando tudo esteve feito, e já podia eu me sustentar com os pés seguros, foi-se embora, cumprida, escura, para o pequeno ataúde onde pela primeira vez esteve ociosa sob a dura chuva de Temuco.

LAS PACHECO

No ha pasado aquel año
sin número ni nombre,
ni su cola desierta
ha desgranado
ciruelas ni semanas:
todo quedó escondido
debajo de mi frente.
Cierro los ojos y algo está quemándose,
bosques, praderas bailan en el humo,
y entro indeciso
por
aquellas puertas
que ya no existen, torres que murieron.

Fue aquella vez del día del verano.
Después del sol fluvial, desde Carahue
llegamos a la desembocadura
de Puerto Amor
que se llamaba
Puerto
Saavedra, caserío
de pequeñitas casas
golpeadas por el puño
del invierno.
Cinc y madera, muelles desdentados,
pinos de las orillas,
almacenes
con Fagaldes, Mariettas,

AS PACHECO

Não passou aquele ano sem número nem nome nem a sua cauda deserta debulhou ameixas nem semanas: tudo ficou escondido debaixo da minha testa. Fecho os olhos e algo se está queimando, bosques, pradarias dançam na fumaça, e entro indeciso por aquelas portas que já não existem, torres que morreram.

Foi aquela vez do dia de verão. Depois do sol fluvial, de Carahue chegamos à desembocadura de Porto Amor que se chamava Porto Saavedra, casario de pequeninas casas batidas pelo punho do inverno. Zinco e madeira, cais desdentado, pinheiros nas margens, armazéns com Fagaldes, Mariettas,

casas de enredaderas y Parodis,
y una entre todas
donde
entramos
mamadre, hermana, niños y colchones.

Oh galerías ocultando
el aroma
de madreselva en quiosco, flor trepante
con miel y soledad, quiosco vacío
que llené niebla a niebla con palomas,
con la más díscola melancolía.

Casa de los Pacheco!
Oh recuerdo
florido,
y por primera vez
el patio de amapolas!
Las blancas deshojaban
la blancura
o elevaban
las manos
del invierno,
las rojas
estampaban
súbita sangre
y
bocas laceradas,
y las negras
subían
sus serpientes de seda

casas de trepadeiras e Parodis, e uma entre todas onde entramos mamãe, irmã, crianças e colchões.

Ó galerias ocultando o aroma da madressilva em quiosque, flor trepadeira com mel e solidão, quiosque vazio que enchi, névoa a névoa, com pombas, com a mais perturbadora melancolia.

Casa dos Pacheco! Ó lembrança florida, e pela primeira vez o pátio de papoulas! As brancas desfolhavam a brancura ou erguiam as mãos do inverno, as vermelhas estampavam súbito sangue e bocas laceradas, e as negras subiam as suas serpentes de seda

y estallaban
en piel nocturna, en senos
africanos.

Las Pacheco leían
en la noche *Fantomas*
en voz alta
escuchando
alrededor del fuego, en la cocina,
y yo dormía oyendo
las hazañas,
las letras del puñal, las agonías,
mientras por vez primera
el trueno del Pacífico
iba desarrollando sus barriles
sobre mi sueño.
Entonces
mar y voz se perdían
sobre las amapolas
y mi pequeño corazón entraba
en la total embarcación del sueño.

e estalavam em pele noturna, em seios africanos.

As Pacheco liam de noite *Fantomas* em voz alta escutando ao redor do fogo, na cozinha, e eu dormia ouvindo as façanhas, as letras do punhal, as agonias, enquanto pela primeira vez o trovão do Pacífico ia rolando as suas barricas sobre o meu sono. Então mar e voz se perdiam sobre as papoulas e o meu pequeno coração entrava na total embarcação do sono.

EL NIÑO PERDIDO

Lenta infancia de donde
como de un pasto largo
crece el duro pistilo,
la madera del hombre.

Quién fui? Qué fui? Qué fuimos?

No hay respuesta. Pasamos.
No fuimos. Éramos. Otros pies,
otras manos, otros ojos.
Todo se fue mudando hoja por hoja
en el árbol. Y en ti? Cambió tu piel,
tu pelo, tu memoria. Aquél no fuiste.
Aquél fue un niño que pasó corriendo
detrás de un río, de una bicicleta,
y con el movimiento
se fue tu vida con aquel minuto.
La falsa identidad siguió tus pasos.
Día a día las horas se amarraron,
pero tú ya no fuiste, vino el otro,
el otro tú, y el otro hasta que fuiste,
hasta que te sacaste
del propio pasajero,
del tren, de los vagones de la vida,
de la substitución, del caminante.
La máscara del niño fue cambiando,
adelgazó su condición doliente,
aquietó su cambiante poderío:

O MENINO PERDIDO

Lenta infância de onde como de um pasto comprido cresce o duro pistilo, a madeira do homem.

Quem fui? O que fui? O que fomos?

Não há resposta. Passamos. Não fomos. Éramos. Outros pés, outras mãos, outros olhos. Tudo foi mudando folha por folha na árvore. E em ti? Mudou a tua pele, o teu cabelo, a tua memória. Aquele não foste. Aquele foi um menino que passou correndo atrás de um rio, de uma bicicleta, e com o movimento foi-se a tua vida com aquele minuto. A falsa identidade seguiu os teus passos. Dia a dia as horas se amarraram, mas tu já não foste, veio o outro, o outro tu, e o outro até que foste, até que te arrancaste do próprio passageiro, do trem, dos vagões da vida, da substituição, do caminhante. A máscara do menino foi mudando, emagreceu a sua condição enfermiça, aquietou-se o seu volúvel poderio:

el esqueleto se mantuvo firme,
la construcción del hueso se mantuvo,
la sonrisa,
el paso, un gesto volador, el eco
de aquel niño desnudo
que salió de un relámpago,
pero fue el crecimiento como un traje!
Era otro el hombre y lo llevó prestado.

Así pasó conmigo.

De silvestre
llegué a ciudad, a gas, a rostros crueles
que midieron mi luz y mi estatura,
llegué a mujeres que en mí se buscaron
como si a mí se me hubieran perdido,
y así fue sucediendo
el hombre impuro,
hijo del hijo puro,
hasta que nada fue como había sido,
y de repente apareció en mi rostro
un rostro de extranjero
y era también yo mismo:
era yo que crecía,
eras tú que crecías,
era todo
y cambiamos
y nunca más supimos quiénes éramos,
y a veces recordamos
al que vivió en nosotros
y le pedimos algo tal vez que nos recuerde,

o esqueleto se manteve firme, a construção do osso se manteve, o sorriso, o passo, o gesto voador, o eco daquele menino nu que saiu de um relâmpago, mas foi o crescimento como um traje! Era outro o homem e o levou emprestado.

Assim aconteceu comigo.

De silvestre cheguei a cidade, a gás, a rostos cruéis que mediram a minha luz e a minha estatura, cheguei a mulheres que em mim se procuraram como se a mim tivessem perdido, e assim foi sucedendo o homem impuro, filho do filho puro, até que nada foi como tinha sido, e de repente apareceu no meu rosto um rosto de estrangeiro e era também eu mesmo: era eu que crescia, eras tu que crescias, era tudo, e mudamos e nunca mais soubemos quem éramos, e às vezes recordamos aquele que viveu em nós

que sepa por lo menos que fuimos él, que hablamos
con su lengua,
pero desde las horas consumidas
aquél nos mira y no nos reconoce.

e lhe pedimos algo, talvez que se recorde de nós,
que saiba pelo menos que fomos ele, que falamos
com a sua língua, mas das horas consumidas aquele
nos olha e não nos reconhece.

II. LA LUNA EN EL LABERINTO

PLENO OCTUBRE

Poco a poco y también mucho a mucho
me sucedió la vida
y qué insignificante es este asunto:
estas venas llevaron
sangre mía que pocas veces vi,
respiré el aire de tantas regiones
sin guardarme una muestra de ninguno
y a fin de cuentas ya lo saben todos:
nadie se lleva nada de su haber
y la vida fue un préstamo de huesos.
Lo bello fue aprender a no saciarse
de la tristeza ni de la alegría,
esperar el tal vez de una última gota,
pedir más a la miel y a las tinieblas.

Tal vez fui castigado:
tal vez fui condenado a ser feliz.
Quede constancia aquí de que ninguno
pasó cerca de mí sin compartirme.
Y que metí la cuchara hasta el codo
en una adversidad que no era mía,
en el padecimiento de los otros.
No se trató de palma o de partido
sino de poca cosa: no poder

II. A LUA NO LABIRINTO

PLENO OUTUBRO

Pouco a pouco e também muito a muito me aconteceu a vida, e que insignificante é este assunto: estas veias levaram sangue meu que poucas vezes vi, respirei o ar de tantas regiões sem guardar para mim uma amostra de nenhum e afinal de contas já o sabem todos: ninguém leva nada de seu e a vida foi um empréstimo de ossos. O belo foi aprender a não se saciar da tristeza nem da alegria, esperar o talvez de uma última gota, pedir mais ao mel e às trevas.

Talvez fui castigado: talvez fui condenado a ser feliz. Fique afirmado aqui que ninguém passou perto de mim sem me compartir. E que meti a colher até o cotovelo numa adversidade que não era minha, no padecimento dos outros. Não se tratou de palma ou de partido mas de pouca coisa: não poder

vivir ni respirar con esa sombra,
con esa sombra de otros como torres,
como árboles amargos que lo entierran,
como golpes de piedra en las rodillas.

Tu propia herida se cura con llanto,
tu propia herida se cura con canto,
pero en tu misma puerta se desangra
la viuda, el indio, el pobre, el pescador,
y el hijo del minero no conoce
a su padre entre tantas quemaduras.

Muy bien, pero mi oficio
fue
la plenitud del alma:
un ay del goce que te corta el aire,
un suspiro de planta derribada
o lo cuantitativo de la acción.

Me gustaba crecer con la mañana,
esponjarme en el sol, a plena dicha
de sol, de sal, de luz marina y ola,
y en ese desarrollo de la espuma
fundó mi corazón su movimiento:
crecer con el profundo paroxismo
y morir derramándose en la arena.

viver nem respirar com essa sombra, com essa sombra de outros como torres, como árvores amargas que o enterram, como pancadas de pedra nos joelhos.

A tua própria ferida se cura com pranto, a tua própria ferida se cura com canto, mas na tua porta mesmo se dessangra a viúva, o índio, o pobre, o pescador, e o filho do mineiro não conhece o seu pai entre tantas queimaduras.

Muito bem, mas o meu ofício foi a plenitude da alma: um ai de gozo que te corta a respiração, um suspiro de planta derrubada ou o quantitativo da ação.

Eu gostava de crescer com a manhã, embeber-me de sol, com pleno gozo de sol, de sal, de luz marinha e onda, e nesse avanço da espuma fundou meu coração seu movimento: crescer com o profundo paroxismo e morrer se derramando na areia.

IV. EL CAZADOR DE RAÍCES

LO QUE NACE CONMIGO

Canto a la hierba que nace conmigo
en este instante libre, a los fermentos
del queso, del vinagre, a la secreta
floración del primer semen, canto
al canto de la leche que ahora cae
de blancura en blancura a los pezones,
canto a los crecimientos del establo,
al fresco estiércol de las grandes vacas
de cuyo aroma vuelan muchedumbres
de alas azules, hablo
sin transición de lo que ahora sucede
al abejorro con su miel, al liquen
con sus germinaciones silenciosas:
como un tambor eterno
suenan las sucesiones, el transcurso
de ser a ser, y nazco, nazco, nazco
con lo que está naciendo, estoy unido
al crecimiento, al sordo alrededor
de cuanto me rodea, pululando,
propagándose en densas humedades,
en estambres, en tigres, en jaleas.

IV. O CAÇADOR DE RAÍZES

O QUE NASCE COMIGO

Canto a grama que nasce comigo neste instante livre, os fermentos do queijo, do vinagre, a secreta floração do primeiro sêmen, canto o canto do leite que agora cai de brancura em brancura aos mamilos, canto os crescimentos do estábulo, o fresco esterco das grandes vacas de cujo aroma voam multidões de asas azuis, falo sem transição do que agora acontece com a abelha-da-terra e o seu mel, com o líquen e as suas germinações silenciosas: como um tambor eterno soam as sucessões, o transcurso de ser a ser, e nasço, nasço, nasço com o que está nascendo, estou unido ao crescimento, ao surdo contorno de tudo que me rodeia, pululando, propagando em densas umidades, em estames, em tigres, em geleias.

Yo pertenezco a la fecundidad
y creceré mientras crecen las vidas:
soy joven con la juventud del agua,
soy lento con la lentitud del tiempo,
soy puro con la pureza del aire,
escuro con el vino de la noche
y sólo estaré inmóvil cuando sea
tan mineral que no vea ni escuche,
ni participe en lo que nace y crece.

Cuando escogí la selva
para aprender a ser,
hoja por hoja,
extendí mis lecciones
y aprendí a ser raíz, barro profundo,
tierra callada, noche cristalina,
y poco a poco más, toda la selva.

Eu pertenço à fecundidade e crescerei enquanto crescem as vidas: sou jovem com a juventude da água, sou lento com a lentidão do tempo, sou puro com a pureza do ar, escuro com o vinho da noite e só estarei imóvel quando seja tão mineral que não veja nem escute, nem participe do que nasce e cresce.

Quando escolhi a selva para aprender a ser, folha por folha, estendi as minhas lições e aprendi a ser raiz, barro profundo, terra calada, noite cristalina, e pouco a pouco mais, toda a selva.

V. SONATA CRÍTICA

EL LARGO DÍA JUEVES

Apenas desperté reconocí el día,
era el de ayer,
era el día de ayer con otro nombre,
era un amigo que creí perdido
y que volvía para sorprenderme.

Jueves, le dije, espérame,
voy a vestirme y andaremos juntos
hasta que tú te caigas en la noche.
Tú morirás, yo seguiré
despierto, acostumbrado
a las satisfacciones de la sombra.
Las cosas ocurrieron de otro modo
que contaré con íntimos detalles.

Tardé en llenarme de jabón el rostro
— qué deliciosa espuma
en mis mejillas —,
sentí como si el mar me regalara
blancura sucesiva,
mi cara fue sólo un islote oscuro
rodeado por ribetes de jabón
y cuando en el combate

V. SONATA CRÍTICA

O LONGO DIA QUINTA-FEIRA

Mal acordei reconheci o dia, era o de ontem, era o dia de ontem com outro nome, era um amigo que acreditei perdido e que voltava para me surpreender.

Quinta-feira, lhe disse, me espera, vou me vestir e andaremos juntos até que tu caias na noite. Tu morrerás, eu continuarei acordado, acostumado com as satisfações da sombra. As coisas aconteceram de outro modo que contarei com íntimos detalhes.

Demorei em encher de sabão o rosto — que deliciosa espuma nas minhas faces —, senti como se o mar me desse de presente brancura sucessiva, a minha cara foi só uma ilhota escura rodeada de vieses de sabão e quando no combate

de las pequeñas olas y lamidos
del tierno hisopo y la afilada hoja
fui torpe y de inmediato,
malherido,
malgasté las toallas
con gotas de mi sangre,
busqué alumbre, algodón, yodo, farmacias
completas que corrieron a mi auxilio:
sólo acudió mi rostro en el espejo,
mi cara mal lavada y mal herida.
El baño
me incitaba
con prenatal calor a sumergirme
y acurruqué mi cuerpo en la pereza.

Aquella cavidad intrauterina
me dejó agazapado
esperando nacer, inmóvil, líquido,
substancia temblorosa
que participa de la inexistencia
y demoré en moverme
horas enteras,
estirando las piernas con delicia
bajo la submarina caloría.

Cuánto tiempo en frotarme y en secarme,
cuánto una media después de otra media
y medio pantalón y otra mitad,
tan largo trecho me ocupó un zapato
que cuando en dolorosa incertidumbre
escogí la corbata, y ya partía

das pequenas ondas e lambidas do terno hissope e a afiada lâmina fui fraco e de imediato, malferido, malgastei as toalhas com gotas do meu sangue, procurei alúmen, algodão, iodo, farmácias completas que correram em meu auxílio: só vejo o meu rosto no espelho, a minha cara mal lavada e malferida. O banho me incitava com pré-natal calor a submergir e encolhi o meu corpo na preguiça.

Aquela cavidade intrauterina me deixou preso, esperando nascer, imóvel, líquido, substância cheia de tremores, que participa da inexistência e demorei para me mover horas inteiras, esticando as penas com delícia sob a submarina caloria.

Quanto tempo para me esfregar e me enxugando, quanto uma meia depois de outra meia e meia calça e a outra metade, tão longo espaço me ocupou um sapato que quando em dolorosa incerteza escolhi a gravata, e já partia

de exploración, buscando mi sombrero,
comprendí que era demasiado tarde:
la noche había llegado
y comencé de nuevo a desnudarme,
prenda por prenda, a entrar entre las sábanas,
hasta que pronto me quedé dormido.

Cuando pasó la noche y por la puerta
entró otra vez el Jueves anterior
correctamente transformado en Viernes
lo saludé con risa sospechosa,
con desconfianza por su identidad.
Espérame, le dije, manteniendo
puertas, ventanas plenamente abiertas,
y comencé de nuevo mi tarea
de espuma de jabón hasta sombrero,
pero mi vano esfuerzo
se encontró con la noche que llegaba
exactamente cuando yo salía.
Y volví a desvestirme con esmero.

Mientras tanto esperando en la oficina
los repugnantes expedientes, los
números que volaban al papel
como mínimas aves migratorias
unidas en despliegue amenazante.
Me pareció que todo se juntaba
para esperarme por primera vez:
el nuevo amor que, recién descubierto,
bajo un árbol del parque me incitaba
a continuar en mí la primavera.

para a exploração, procurando o meu chapéu, compreendi que era tarde demais: a noite tinha chegado e comecei de novo a despir-me, peça por peça, a entrar entre os lençóis, até que logo adormeci.

Quando passou a noite e pela porta entrou outra vez a quinta-feira anterior corretamente transformada em sexta-feira saudei-a com riso suspeitoso, com desconfiança da sua identidade. Me espera, lhe disse, mantendo portas, janelas plenamente abertas e comecei de novo a minha tarefa de espuma de sabão até o chapéu, mas o meu vão esforço encontrou-se com a noite que chegava exatamente quando eu saía. E tornei a me despir com esmero.

Enquanto isso esperando no escritório os repugnantes expedientes, os números que voavam ao papel como mínimas aves migratórias unidas em arremetida ameaçadora. Pareceu-me que tudo se juntava para me esperar pela primeira vez: o novo amor que, recém-descoberto, sob uma árvore do parque me incitava a continuar em mim a primavera.

Y mi alimentación fue descuidada
día tras día, empeñado en ponerme
uno tras otro mis aditamentos,
en lavarme y vestirme cada día.
Era una insostenible situación:
cada vez un problema la camisa,
más hostiles las ropas interiores
y más interminable la chaqueta.

Hasta que poco a poco me morí
de inanición, de no acertar, de nada,
de estar entre aquel día que volvía
y la noche esperando como viuda.

Ya cuando me morí todo cambió.

Bien vestido, con perla en la corbata,
y ya exquisitamente rasurado
quise salir, pero no había calle,
no había nadie en la calle que no había,
y por lo tanto nadie me esperaba.

Y el Jueves duraría todo el año.

E a minha alimentação foi descuidada dia após dia, empenhado em colocar um detrás do outro os meus aditamentos, em lavar-me e vestir-me cada dia. Era uma insustentável situação: cada vez um problema a camisa, mais hostis as roupas interiores e mais interminável o paletó.

Até que pouco a pouco morri de inanição, de não acertar, de nada, de estar entre aquele dia que voltava e a noite esperando como viúva.

Já quando morri tudo mudou.

Bem-vestido, com pérola na gravata, e já requintadamente barbeado quis sair, mas não havia rua, não havia ninguém na rua que não havia, e portanto ninguém me esperava.

E a quinta-feira duraria o ano todo.

LA BARCAROLA

(1967)

NOVENO EPISODIO

SANTOS REVISITADO (1927-1967)

I

Santos! Es en Brasil, y hace ya cuatro veces diez años.
Alguien a mi lado conversa "*Pelé es un superhombre*",
"*No soy un aficionado, pero en la televisión me gusta*".
Antes era selvático este puerto y olía
como una axila del Brasil caluroso.
"*Caio de Santa Marta*". Es un barco, y es otro, mil barcos!
Ahora los frigoríficos establecieron catedrales
de bello gris, y parecen
juegos de dados de dioses los blancos edificios.
El café y el sudor crecieron hasta crear las proas,
el pavimento, las habitaciones rectilíneas:
cuántos granos de café, cuántas gotas salobres
de sudor? Tal vez el mar
se llenaría, pero la tierra no, nunca la tierra, nunca
[satisfecha,
hambrienta siempre de café, sedienta
de sudor negro! Tierra maldita, espero
que revientes un día, de alimentos, de sacos masticados,
y de eterno sudor de hombres que ya murieron
y fueron reemplazados para seguir sudando.

NONO EPISÓDIO

SANTOS REVISITADA (1927-1967)

I

Santos! É no Brasil, e já faz quatro vezes dez anos. Alguém ao meu lado conversa "Pelé é um super-homem", "Não sou um torcedor, mas na televisão eu gosto". Antes era selvático este porto e cheirava como uma axila do Brasil calorento. "*Caio de Santa Marta.*" É um navio, e é outro, mil navios! Agora os frigoríficos estabeleceram catedrais de belo cinzento, e parecem jogos de dados de deuses os brancos edifícios. O café e o suor cresceram até criar as proas, o pavimento, as habitações retilíneas: quantos grãos de café, quantas gotas salobras de suor? Quem sabe o mar se encheria, mas a terra, nunca a terra, nunca satisfeita, faminta sempre de café, sedenta de suor negro! Terra maldita, espero que arrebentes um dia, de alimentos, de sacos mastigados, e de eterno suor de homens que já morreram e foram substituídos para continuar suando.

II

Aquel Santos de un día de junio, de cuarenta años menos,
vuelve a mí con un triste olor de tiempo y plátano,
con un olor a banana podrida, estiércol de oro,
y una rabiosa lluvia caliente sobre el sol.
Los trópicos me parecían enfermedades del mundo,
heridas pululantes de la tierra. Adiós
nociones! Aprendí el calor
como se aprenden las lágrimas, con sobresalto:
aprendí los meses del monzón y la insensata
fragancia del mango de Mandalay (penetrante
como flecha veloz de marfil y mejilla),
y respeté los templos sucios de mis semejantes,
oscuros como yo mismo, idólatras como todos los hombres.

II

Aquela Santos de um dia de junho, de quarenta anos atrás, volta a mim com um triste cheiro de tempo e bananeira, com um cheiro de banana podre, esterco de ouro, e uma raivosa chuva quente sobre o sol. Os trópicos me pareciam enfermidades do mundo, feridas pululantes da terra. Adeus noções! Aprendi o calor como se aprendem as lágrimas, com sobressalto: aprendi os meses da monção e a insensata fragrância da manga de Mandalay (penetrante como flecha veloz de marfim e face), e respeitei os templos sujos dos meus semelhantes, escuros como eu mesmo, idólatras como todos os homens.

III

Cuando tú hacemos, cuando yo hacemos el viaje del amor,
amor, Matilde, el mar o tu boca redonda
son, somos la hora que desprendió el entonces,
y cada día corre buscando aniversario.

III

Quando tu fazemos, quando eu fazemos a viagem do amor, amor, Matilde, o amor ou a tua boca redonda são, somos a hora que desprendeu o então, e cada dia corre procurando aniversário.

IV

Santos, oh deshonor del olvido, oh paciencia
del tiempo, que no sólo pasó
sino que trajo barcos blancos, verdes, sutiles
y el temblor florestal se hizo ferruginoso.

IV

Santos, ó desonra do esquecimento, ó paciência do tempo, que não só passou mas que trouxe navios, brancos, verdes, sutis e o tremor florestal se fez ferruginoso.

V

Comprendo que he escuchado la esfera poniendo el oído en
un punto
y a veces oigo sólo un rumor de mareas o abejas:
perdón si no pude y a tiempo escuchar esa locomotora
o el estruendo espacial de la nave que estalla en su huevo
de acero
y que sube silbando entre constelaciones y temperaturas:
perdonen algún día si no vi el crecimiento de los edifícios
porque estaba mirando crecer un árbol, perdón.
Trataré de cumplir con aquellas ciudades que huyeron de
mi alma
y se armaron de duras paredes, ascensores altivos,
dejándome afuera en la lluvia, olvidado en los años ausentes,
ahora que vuelvo de entonces me saco el sombrero, y sonrio
saludando este gran esplendor sin deseo ni envidia:
sintiéndome vivo como una naranja cortada conserva en su
mitad de oro el intacto vestido de ayer
y en el otro hemisferio respeta el cemento creciente.

V

Compreendo que escutei a esfera botando o ouvido num ponto e às vezes ouço apenas um rumor de marés ou de abelhas: perdão se não pude e a tempo escutar essa locomotiva ou o estrondo espacial da nave que estoura no seu ovo de aço e que sobe assoviando entre constelações e temperaturas: perdoem algum dia se não vi o crescimento dos edifícios porque estava olhando crescer uma árvore, perdão. Tratarei de assistir àquelas cidades que fugiram da minha alma e se armaram de duras paredes, elevadores altivos, me deixando de fora na chuva, esquecido nos anos ausentes, agora que volto de então tiro o chapéu, e sorrio cumprimentando este grande esplendor sem desejo nem inveja: sentindo-me vivo como uma laranja cortada conserva na sua metade de ouro o intacto traje de ontem e no outro hemisfério respeita o cimento crescente.

DÉCIMO EPISODIO

HABLA UN TRANSEÚNTE DE LAS AMÉRICAS LLAMADO CHIVILCOY

I

Yo cambio de rumbo, de empleo, de bar y de barco, de pelo
de tienda y mujer, lancinante, exprofeso no existo,
tal vez soy mexibiano, argentuayo, bolivio,
caribián, panamante, colomvenechilenomalteco:
aprendí en los mercados a vender y comprar caminando:
me inscribí en los partidos dispares y cambié de camisa
impulsado
por las necesidades rituales que echan a la mierda el
[escrúpulo
y confieso saber más que todos sin haber aprendido:
lo que ignoro no vale la pena, no se paga en la plaza, señores.

DÉCIMO EPISÓDIO

FALA UM TRANSEUNTE DAS AMÉRICAS CHAMADO CHIVILCOY

I

Eu mudo de rumo, de emprego, de bar e de navio, de penteado, de loja e mulher, lancinante, de propósito não existo, talvez seja mexibiano, argentuaio, bolívio, caribiano, panamante, colomvenechilenomalteco: aprendi nos mercados a vender e comprar andando: me inscrevi nos partidos opostos e virei a casaca impulsionado pelas necessidades rituais que mandam à merda o escrúpulo e confesso saber mais do que todos sem ter aprendido: o que ignoro não vale a pena, não se paga na praça, senhores.

II

Acostumbro zapatos quebrados, corbatas raídas, cuidado,
cuando menos lo piensen llevo un gran solitario en un
[dedo
y me planchan por dentro y por fuera, me perfuman, me
cuidan, me peinan.

II

Acostumo sapatos rotos, gravatas surradas, cuidado, quando menos esperem uso um grande solitário num dedo e me passam a ferro por dentro e por fora, me perfumam, me cuidam, me penteiam.

III

Me casé en Nicaragua: pregunten ustedes por el general
Allegado
que tuvo el honor de ser suegro de su servidor, y más tarde
en Colombia fui esposo legítimo de una Jaramillo Restrepo.
Si mis matrimonios terminan cambiando de clima, no
[importa
(Hablando entre hombres: Mi chola de Tambo! Algo serio
en la cama).

III

Casei-me na Nicarágua: perguntem os senhores pelo General Allegado que teve a honra de ser sogro do seu servidor, e mais tarde na Colômbia fui esposo legítimo de uma Jaramillo Restrepo. Se os meus matrimônios terminam mudando de clima, não importa (Falando entre homens: Minha "*chola*" [mestiça de europeu e índia] de Tambo! Algo de sério na cama).

IV

Vendí mantequilla y chancaca en los puertos peruanos
y medicamentos de un poblado a otro de la Patagonia:
voy llegando a viejo en las malas pensiones sin plata, pasando
por rico,
y pasando por pobre entre ricos, sin haber ganado ni
perdido nada.

IV

Vendi manteiga e açúcar nos portos peruanos e medicamentos de um povoado a outro da Patagônia: estou ficando velho nas pensões ruins sem dinheiro, passando por rico, e passando por pobre entre ricos, sem ter ganho nem perdido nada.

V

Desde la ventana que me corresponde en la vida
veo el mismo jardín polvoriento de tierra mezquina
con perros errantes que orinan y siguen buscando la
[felicidad,
o excrementicios y eróticos gatos que no se interesan por
vidas ajenas.

V

Da janela que me corresponde na vida vejo o mesmo jardim poeirento de terra mesquinha, com cachorros errantes que urinam e continuam procurando a felicidade, ou excrementícios e eróticos gatos que não se interessam por vidas alheias.

VI

Yo soy aquel hombre rodado por tantos kilómetros y sin existencia:
soy piedra en un río que no tiene nombre en el mapa:
soy el pasajero de los autobuses gastados de Oruro
y aunque pertenezco a las cervecerías de Montevideo
en la Boca anduve vendiendo guitarras de Chile
y sin pasaporte entraba y salía por las cordilleras.
Supongo que todos los hombres dejan equipaje:
yo voy a dejar como herencia lo mismo que el perro:
es lo que llevé entre las piernas: mis bienes son ésos.

VI

Eu sou aquele homem com tantos quilômetros rodados e sem existência: sou pedra num rio que não tem nome no mapa: sou o passageiro dos ônibus gastos de Oruro e embora pertença às cervejarias de Montevidéu, na Boca andei vendendo guitarras do Chile; e sem passaporte entrava e saía pelas cordilheiras. Suponho que todos os homens deixam bagagem: eu vou deixar como herança o mesmo que o cachorro: é o que levei entre as pernas: os meus bens são esses.

VII

Si desaparezco aparezco con otra mirada: es lo mismo.
Soy un héroe imperecedero: no tengo comienzo ni fin
y mi moraleja consiste en un plato de pescado frito.

VII

Se desapareço, apareço com outro olhar: é a mesma coisa. Sou um herói imperecível: não tenho começo nem fim e a minha moral consiste num prato de peixe frito.

SIGUE LA BARCAROLA

EXPLICACIÓN

Para este país, para estos cántaros de greda:
para este periódico sucio que vuela con el viento en la playa:
para estas tierras quebradas que esperan un río de invierno:
quiero pedir algo y no sé a quién pedirlo.
Para nuestras ciudades pestilentes y encarnizadas, donde hay sin embargo
escuelas con campanas y cines llenos de sueños
y para los pescadores y las pescadoras de los archipiélagos del sur
(donde hace tanto frío y dura tanto el año)
quiero pedir algo ahora, y no sé qué pedir.

Ya se sabe que los volcanes errantes de las edades anteriores
se juntaron aquí como carpas de circo
y se quedaron inmóviles en el territorio:
los que aquí hemos nacido nos acostumbramos al fuego
que ilumina la nieve como una cabellera.

Pero luego la tierra se convierte en caballo
que se sacude como si se quemara vivo
y caemos rodando del planeta a la muerte.
Quiero pedir que no se mueva la tierra.

Somos tan pocos los que aquí nacimos.

SEGUE A BARCAROLA

EXPLICAÇÃO

Para este país, para estes cântaros de greda: para este jornal sujo que voa com o vento na praia: para estas terras acidentadas que esperam um rio de inverno: quero pedir alguma coisa e não sei a quem pedi-lo. Para as nossas cidades empestadas e encarniçadas, onde há entretanto escolas com sinos e cinemas cheios de sonhos, e para os pescadores e as pescadoras dos arquipélagos do sul (onde faz tanto frio e dura tanto o ano) quero pedir alguma coisa agora, e não sei o que pedir.

Já se sabe que os vulcões errantes das idades anteriores se juntaram aqui como lonas de circo e ficaram imóveis no território: os que aqui nascemos nos acostumamos com o fogo que ilumina a neve como uma cabeleira.

Mas logo a terra se converte em cavalo que se sacode como se se queimasse vivo e caímos rolando do planeta para a morte. Quero pedir que não se mova a terra.

Somos tão poucos os que aqui nascemos.

Somos tan pocos los que padecemos
(y menos aún los dichosos aquí en las cordilleras)
hay tantas cosas que hacer entre la nieve y el mar:
aún los niños descalzos cruzan de invierno a invierno:
no hay techos contra la lluvia, faltan ropa y comida:
y así se explica que yo tenga que pedir algo
sin saber bien a quién ni cómo hacerlo.

(Cuando ya la memoria de lo que fui se borre
con la repetición de la ola en la arena
y no recuerde nadie lo que hice o no hice,
quiero que me perdonen de antemano,
no tuve tiempo nunca de hacer o no hacer nada:
porque la vida entera me la pasé pidiendo,
para que los demás alguna vez pudieran
vivir tranquilos.)

Somos tão poucos os que padecemos (e menos ainda os felizes aqui nas cordilheiras), há tantas coisas que fazer entre a neve e o mar:

ainda as crianças descalças atravessam de inverno a inverno: não há tetos contra a chuva, faltam roupa e comida: e assim se explica que eu tenha que pedir alguma coisa sem saber bem a quem nem como fazê-lo.

(Quando já a memória do que fui se apague com a repetição da onda na areia e não recorde ninguém o que fiz ou não fiz, quero que me perdoem de antemão, não tive tempo nunca de fazer ou não fazer nada: porque a vida inteira passei-a pedindo, para que os demais alguma vez pudessem viver tranquilos.)

ONCENO EPISODIO

SIGUE LA BARCAROLA

LOS OFRECIMIENTOS

Desde hoy te proclamo estival, hija de oro, tristeza,
lo que quiera tu ser diminuto del ancho universo.
Bienamada, te doy o te niego, en la copa del mundo:
aún lo que explora la larva en su túnel estrecho
o lo que descifra el astrónomo en la paz parabólica
o aquella república de tristes estatuas que lloran al lado
[del mar
o el peso nupcial de la abeja cargada de oro oloroso
o la colección de las hojas de todo el otoño en los bosques
o un hilo del agua en la piedra que hay en mi país natalicio
o un saco de trigo arrastrado por cuatro ladrones
[hambrientos
o un trono de mimbre tejido por las elegantes arañas de
[Angol
o un par de zapatos cortados en piedra de luna
o un huevo nacido de cóndor de las cordilleras de Chile
o siete semillas de hierba fragante crecida a la orilla del río
[Ralún
o la flor especial que se abre en las nubes a causa del humo
o el rito de los araucanos con un caballito de palo en la selva
o aquel tren que perdí en California y encontré en el

DÉCIMO PRIMEIRO EPISÓDIO

SEGUE A BARCAROLA

OS OFERECIMENTOS

A partir de hoje te proclamo estival, filha de ouro, tristeza, o que queira o teu ser diminuto do largo universo. Bem-amada, te dou ou te nego, na taça do mundo: mesmo o que explora a larva no seu túnel estreito ou o que decifra o astrônomo na paz parabólica ou aquela república de tristes estátuas que choram ao lado do mar ou o peso nupcial da abelha carregada de ouro cheiroso ou a coleção das folhas de todo o outono nos bosques ou um fio de água na pedra que há no meu país natal ou um saco de trigo arrastado por quatro ladrões famintos ou um trono de vime tecido pelas elegantes aranhas de Angol ou um par de sapatos cortados em pedra de lua ou um ovo nascido de condor das cordilheiras do Chile ou sete sementes da erva fragrante crescida à margem do rio Ralum ou a flor especial que se abre nas nuvens por causa da fumaça ou o rito dos araucanos com um cavalinho de pau na selva ou aquele trem que perdi na Califórnia e encontrei no

desierto de Gobi
o el ala del ave relámpago en cuya ancestral cacería
anduve perdido en el sur y olvidado por todo un invierno
o el lápiz marino capaz de escribir en las olas
y lo que tú quieras y lo que no quieras te doy y te niego
porque las palabras estallan abriendo el castillo, y cerramos
los ojos.

deserto de Gobi ou a asa da ave relâmpago em cuja ancestral caça andei perdido no sul e esquecido por todo um inverno ou o lápis marinho capaz de escrever nas ondas e o que tu queiras e o que não queiras te dou e te nego porque as palavras estouram abrindo o castelo, e fechamos os olhos.

LAS MANOS DEL DÍA

(1968)

I. EL CULPABLE

Me declaro culpable de no haber hecho,
con estas manos que me dieron,
una escoba.

Por qué no hice una escoba?

Por qué me dieron manos?

Para qué me sirvieron
si sólo vi el rumor del cereal,
si sólo tuve oídos para el viento
y no recogí el hilo
de la escoba,
verde aún en la tierra,
y no puse a secar los tallos tiernos
y no los pude unir
en un haz áureo
y no junté una caña de madera
a la falda amarilla
hasta dar una escoba a los caminos?

Así fue:
no sé cómo
se me pasó la vida
sin aprender, sin ver,
sin recoger y unir
los elementos.

I. O CULPADO

Eu me declaro culpado de não ter feito, com estas mãos que me deram, uma vassoura.

Por que não fiz uma vassoura?

Por que me deram mãos?

Para que me serviram se só vi o rumor do cereal, se só tive ouvidos para o vento e não recolhi o fio

da vassoura, verde ainda na terra, e não pus para secar os talos ternos e não os pude unir num feixe áureo e não juntei um caniço de madeira à saia amarela até dar uma vassoura aos caminhos?

Assim foi: não sei como me passou a vida sem aprender, sem ver, sem recolher e unir os elementos.

En esta hora no niego
que tuve tiempo,
tiempo,
pero no tuve manos,
y así, cómo podía
aspirar con razón a la grandeza
si nunca fui capaz
de hacer
una escoba,
una sola,
una?

Nesta hora não nego que tive tempo, tempo, mas não tive mãos, e assim, como podia aspirar com razão à grandeza se nunca fui capaz de fazer uma vassoura, uma só, uma?

LI. ESTO ES SENCILLO

Muda es la fuerza (me dicen los árboles)
y la profundidad (me dicen las raíces)
y la pureza (me dice la harina).
Ningún árbol me dijo:
"*Soy más alto que todos*."
Ninguna raíz me dijo:
"*yo vengo de más hondo*."
Y nunca el pan ha dicho:
"*No hay nada como el pan*."

LI. ISTO É SIMPLES

Muda é a força (me dizem as árvores) e a profundidade (me dizem as raízes) e a pureza (me diz a farinha de trigo). Nenhuma árvore me disse: "Sou mais alta que todos." Nenhuma raiz me disse: "eu venho de mais fundo." E nunca o pão disse: "Não há nada como o pão."

LV. LA SOMBRA

Aún no vuelvo,
no he vuelto,
ando de viaje adentro
de la conflagración:
adentro de esta
vena
siguió viaje la sangre
y no puedo llegar
adentro de mí mismo.

Veo las plantas, las personas vivas,
las ramas del recuerdo,
el saludo en los ojos de las cosas,
la cola de mi perro.

Veo el silencio de mi casa, abierto
a mi voz, y no rompo las paredes
con un grito de piedra o de pistola:
ando por el terreno que conoce mis pies,
toco la enredadera que subió
por los arcos oscuros de granito
y resbalo en las cosas,
en el aire,
porque sigue mi sombra en otra parte
o soy la sombra de un porfiado ausente.

LV. A SOMBRA

Ainda não volto, não voltei, ando de viagem pela conflagração: dentro desta veia seguiu viagem o sangue e não posso chegar dentro de mim mesmo. Vejo as plantas, as pessoas vivas, as ramagens da lembrança, o cumprimento nos olhos das coisas, a cauda do meu cão.

Vejo o silêncio da minha casa, aberto à minha voz, e não rompo as paredes com um grito de pedra ou de pistola: ando pelo terreno que conhece os meus pés, toco a trepadeira que subiu pelos arcos escuros de granito e resvalo nas coisas, no ar, porque continua a minha sombra em outra parte ou sou a sombra de um teimoso ausente.

Este livro foi composto na tipografia
Warnock Pro, em corpo 11/15,6, e impresso em
papel off-white no Sistema Digital Instant Duplex
da Divisão Gráfica da Distribuidora Record.